# 鱼在夜里游过

九诺 著

四川文艺出版社

**图书在版编目（CIP）数据**

鱼在夜里游过 / 九诺著. — 成都：四川文艺出版社, 2022.8

ISBN 978-7-5411-6348-7

Ⅰ.①鱼… Ⅱ.①九… Ⅲ.①短篇小说－小说集－中国－当代 Ⅳ.①I247.7

中国版本图书馆CIP数据核字（2022）第100596号

巴金文学院签约作家书系

YU ZAI YE LI YOUGUO

# 鱼在夜里游过

### 九 诺 著

| | |
|---|---|
| 出 品 人 | 张庆宁 |
| 责任编辑 | 程 川 周 轶 |
| 特约编辑 | 李育樵 |
| 封面设计 | 叶 茂 |
| 内文设计 | 最近文化 |
| 责任校对 | 文 雯 |
| 责任印制 | 崔 娜 |

出版发行　四川文艺出版社（成都市锦江区三色路238号）

网　　址　www.scwys.com

电　　话　028-86361802（发行部）　　028-86361781（编辑部）

排　　版　四川最近文化传播有限公司

印　　刷　四川五洲彩印有限责任公司

| 成品尺寸 | 145mm×210mm | 开　本 | 32开 |
|---|---|---|---|
| 印　张 | 7.5 | 字　数 | 180千 |
| 版　次 | 2022年8月第一版 | 印　次 | 2022年8月第一次印刷 |
| 书　号 | ISBN 978-7-5411-6348-7 | | |
| 定　价 | 49.80元 | | |

# 目录
CONTENTS

# 三根

## 火柴

天蒙蒙亮，果果便从被窝里爬起来。又是个大雾天。云帽峰和牛驼山躲进浓雾里，屋子正脊两端展翅欲飞的泥塑鸽子在白茫茫的雾气里若隐若现。果果呼着白气，从粮仓捧一把玉米粒出来，栖息在木梯上的鸡群伸长脖子，咯咯咯咯地朝她围来。她将玉米粒抛撒到门口干燥的空地上，鸡群啪嗒啪嗒拍打着翅膀，扑成一团繁花，密密麻麻的喙像雨点一样落在地面。果果跨出门槛，来到院中，抱了一抱金色的松针回屋。

　　土墙上只有一方狭小的窗洞，加上天阴，屋里仍一片漆黑。果果摸索着来到火塘边，从怀里摸出一盒火柴，侧侧身子，借着窗洞中微弱的光芒，小心翼翼地用拇指将火柴盒轻轻推开——盒里歪歪斜斜躺着三根红头火柴。她用食指和拇指取出其中一根，犹豫了片刻，举起来的火柴并没有在火柴盒磷面划下来，又放回到盒里去了。从几天前起，她就只剩下这最后三根火柴了，每次要用掉时，都不禁会犹豫起来。

　　果果起身来到院门口，趴在大门上，顺着门缝往外观察，她看到浓雾中卫生院的瓦片屋顶上还未冒出炊烟。

　　她家住在山脚下，百米内只有两家邻居，她家和卫生院离得最近，只隔一条横切而过的公路，又是对门，来往最便捷。每次家里杀猪宰羊，果果都会在第一时间跨过公路，送去一碗热腾腾的肉汤和一小盆撒过盐的熟坨坨肉。卫生院遇到同样的场合，也会如此。果果经常在卫生院生起火来后，捧一把枯草或一把松针，到卫生院去借火。但卫生院毕竟不是庄户人家，起得没那么早，她常常需要等上一段时间。

拣上一簸箕土豆、圆根，踩着难以拔腿的黄泥，果果来到小河边。几根木头支起一根塑胶水管，黑管子里唰唰地往外流出晶莹的水柱，哗啦啦落进河中。

河面上飘荡着一层袅袅的白气。女人们这时穿着彩虹样的百褶裙、围着方巾，哈出白气，背水，洗土豆、圆根，婀娜的身姿隐匿在袅袅的雾气中，你来我往，隐约传出悦耳的交谈声和欢笑声。因为朦胧，也因山险水美，此刻这里恍然有点儿人间仙境、世外桃源的模样。

果果埋头搓洗土豆和圆根，浑浊的水从簸箕底下流出。两绺发丝在眼前晃来晃去，空气中有一股淡淡的清香随之飘荡——那是她昨天洗头发用的那种香皂的味道。

她算过日子，那个喊着"针头线脑换头发"的生意人早就该走村串户出现在路上，可不知为什么，直到现在还不见踪影。每天梳头，果果都反反复复地梳，直到把梳子插进头发，可以自行滑落下来，才满足地扎起来。她把纠缠在梳子齿上的发丝一根不落地扯下来，把掉落在地上的发丝拾起来，和前些日子攒下的发丝团成一团，装进塑料袋，塞到大门门框和土墙之间的缝里。每一次用头发换来的火柴和针线，都够她和奶奶度过大半年光景。

清洌的水在果果手上流淌，她并不觉得冷，反而有些痒痒的暖意。她端起洗净后和紫葡萄一个颜色的乌土豆、红红的圆根，一步步往回走，水珠滴滴答答落到脚背上，纯军绿色的布鞋就变成了一双迷彩布鞋。

出去一趟，屋内的视线清晰了许多。一头花白的猪翘着鼻子，东拱拱西闻闻，哼哼唧唧来到门口，抬起前脚，想要进去，又不敢进去。果果赶它："花花，出去。"花猪愣了愣，把腿收回，就站在门外，仰着花脸巴望着果果，一副可怜相。家里养有三头猪，分别是花花、壮壮、圆圆，都是果果自己取的名。就属这花花最好动，消化好，饿得快，果果对它也最为严苛。当然，这严苛里蒙着一层隐约的偏爱。果果弯下腰去，使出最大的劲，把庞大笨重的锅搬到锅庄上，将土豆、圆根倒入锅中，用瓢将清水舀进去，直到没过土豆和圆根，再拿起木盖盖上。

花花再次试探着跨门进入。果果扬起手，将它彻底轰赶出门，撵进圈里，关上了柴扉。花花躲在壮壮和圆圆背后。果果开导它："你又饿了？还没到吃食的时晌呢，你看看壮壮和圆圆，人家都还没饿。"

花花似乎听懂了她的话，耷拉着花脸，安静地走到最里面，靠着墙根，重重地躺了下去。

果果来到大门口，高举着手拉出门闩，敞开了大门。两只小公鸡相互追逐，夺门而出。一只老阉鸡慢悠悠地抬起粗壮的腿，稳稳地跨过门槛，昂首挺胸地踱步进了院子。

卫生院的门已经开了。谢顶的医生正扎着步子，为一个中年男人拔牙。拔完牙，也就该生火做饭了。

果果趁这段时间回屋剁猪草。别人觉得猪生来皮糙肉厚，嘴大齿利，消化功能又棒，猪草剁成什么糙样都差不多。果果不这么认为，她见过猪在啃食带皮的玉米秆时，玉米秆就在猪嘴里吞吞吐吐，难以下咽，还咳嗽连连；但当她把玉米秆剥了皮，再扔给猪，猪吃起来，就变得像是在吃一根萝卜，轻松顺利。果果剁出来的猪草就很细，跟锯子底下的木屑一样。

卫生院的瓦片屋顶上，青烟袅袅地飘荡了起来。果果将一把松针团起来，弄得像个鸟巢，捧着来到卫生院门口。镶了颗铜牙的医生很客气，夹起三块红得耀眼的火炭，像鸟儿下蛋一样，准确地投放进果果手中的松针里。临走，他又向果果递过一盒火柴："我这里还有好几盒，这盒你先拿去用。"

和往常一样，果果只是红着脸，客气地对医生笑笑，并不接。医生在背后气恼地跺着脚："你这孩子，平时很听话，一到给你拿点什么，就变得这么不听话！"

把火炭捧到家，果果埋下头，往躺在松针里的火炭轻缓、持续地吹气。干燥的松针被火炭炙烤了一路，早已憋不住，吹了两口，噼里啪啦燃烧了起来。

秋冬季节，金黄的松针从松树上纷纷掉落，像一场无休无止的大雪。妇女和姑娘们握着耙子，从坡地高处一路耙下来，很快就能背走一大捆松针。背后两座巍峨的大山上除了松树，没长其他树，松针成了这里取之不尽用之不竭的燃料。院里的松针垛就是果果亲手垒起来的。松针燃得快，一把还没烧完，需要立刻续上一把。煮熟一锅土豆、圆根，算是一个比较漫长的过程。

果果的思绪在这机械的续火动作里，被火塘内泼洒出来的热气蒸烤得四处弥漫。

四五年前，她也曾去学校上学。那时，爸爸是一名教彝文的民办教师，每天都带着果果，走到十公里以外的小学去上学。放学回来的路上，果果经常赖着不走，要爸爸背。多数时候爸爸会让她坚持走下去，有时候则会一把将她捞起来，放到他宽厚的脊背上。然后一边往前走，一边对果果喋喋不休，全是那些要吃苦耐劳、要意志坚强的大道理。果果就在爸爸的背上用力地点着头，嘟嘴说："最后一次好不好？"

　　爸爸灿烂地笑了，单手托住她，伸出另一只手，在她的头上摸了摸。

　　可是过不了几天，果果又会仰起脸来，眨着水汪汪的眼睛问爸爸："最后一次好不好？"

　　事实上，这段路程果果早就可以自行轻松走完，且并不会感到疲乏，她只是依恋爸爸温暖宽厚的后背，喜欢趴在那大床似的脊背上，近距离倾听爸爸嗡嗡的说话声。爸爸身上有股味道，说不清是什么味，独特又好闻。那时，世上似乎没有严冬，山上山下，一年四季都是绿油油的；缤纷的花朵就像那撒落在天幕上的星星，落满枝头，撒满大地。爸爸说，他一定要在家门口建起小学，让这里的孩子不用每天顶风冒雪走那么远的路就可以读到书。爸爸确实在果果面前证明，他依然是那个一言九鼎、顶天立地的爸爸，可这一次，爸爸的身子被刚立起来的杨树旗杆压在下面之后，就再也没有站起来。

　　每当想起爸爸，想起他卷曲的头发，想起他笑成月牙的双眼，想起他背上那股淡淡的，可能是泥垢和烟草混合起来的味道，果果就会陷入深深的自责。当初怎么就那么不懂事，让爸爸在那么劳累的情况下，还非要背着她呢，她明明长了两条能走会跑的腿脚。

世上没有后悔药。想爸爸想极了，果果就有点儿不像平常的自己，眼睛里总是汪满了泪水。

锅内咕咕噜噜，圆木锅盖被热气与沸水托起，啪啦啪啦，在锅沿上顽皮地跳跃。瀑布似的蒸气，从锅里不断进出。

果果的思绪断了。

她要使点劲儿，才能揭开那个笨重的圆木盖子。锅里按压不住的蒸气像电影里的白龙一样腾起来，冲上天去了。火塘附近弥漫出带有熟食香味的滚滚白气。她把手迅速探进锅内，迅速掐了掐土豆皮（这两个动作要在一瞬间完成，不然烫手），提声说："奶奶，奶奶，可以起了，暖暖身子，该吃了。"

奶奶沙哑的声音从那口窗洞左下方传来："哎，果果，奶奶这就起。"

不一会儿，弯腰驼背的奶奶蹒跚地来到火塘边，整理一下百褶裙裙摆，席地而坐，火焰热情地抚摸着她那爬满皱纹的脸庞。活了七十四年的嘴巴干瘪、皱巴巴的，絮絮叨叨，不停喳嘴："这几天，腿疼倒是消停了些，但做的梦，尽是些奇奇怪怪的东西。一整夜一整夜，让人捉摸不透。梦见你妈妈啦。他们三个……站在一片被洪水糟蹋过的山脚下，张大了嘴，朝我大喊大叫，好像有要紧的事要说，可……可我，就是听不见他们的声音。我还以为是我的耳朵出了毛病，但不对呀，我能听到旁边的麻雀，叽叽喳喳，叽叽喳喳，一直叫不消停。还有山上山下，乱糟糟的，牛也哞哞，羊也咩咩……正纳闷呢，你妈妈和你两个哥哥，转眼成了没有长角的牛，仰脖子长叫着，叫出来的声音，却是一群嘶哑的小鸡的声音。唉……果果啊，我的乖孙女，他们不会是在外面挨饿了吧——噢，对了，鸡喂过了吗？可别把它们给饿着了，这群狗要咬、人要吃的小可怜……"

果果把刘海和马尾垂下来，埋头做事，从头到尾留心在听，一个字也没落下。听完，她默默把热腾腾的土豆、圆根捞出锅，用小铝盆盛着，端到奶奶跟前。然后把剁好的猪草给煮上。

望着火塘里婀娜多姿的火苗灵巧地舔着黑乎乎的锅底，果果又有些走神，握着一把松针，却迟迟没有送进火塘里。火塘里的火越烧越小，屋内的火光跟着暗淡下来。

花花似乎嗅到了食物的香气，又在圈里死命地拱木门，并嘶声尖叫。壮壮和圆圆虽不随花花一起造反拱木门，却也压着喉咙，低沉地叫唤着，好像果果欠它们什么，直到把猪食给它们倒进猪槽里。

当果果背上竹筐，来到坡下圆根地时，奶奶的梦境依然在她心底爬着，蠕动着，让她浑身发毛。

妈妈和大哥、二哥，都在外地务工。果果不知道究竟有多远，是个什么样的地方，可她知道，那一定是一个很远很远的地方，要不然，妈妈他们一年到头，为什么总也不回来一次呢。听妈妈说，她和二哥在摘棉花，大哥则在另一个地方给人盖房子。果果想来想去，总也想不通，外面的"棉花"怎么一年四季都开着；外面的房子怎么盖来盖去总也盖不完。

也许，他们就在那座最高最远的大山背后吧。

每当夕阳西下，炊烟四起，无论牛羊，还是老人小孩，都亲昵地相互呼唤着，赶回家团聚，等待热腾腾的饭菜出锅，只有果果眺望着那座仍残留着一片阳光的大山，很想很想蹲下来，低声哭泣。

今天浓雾封山，她无法眺望，也不打算眺望，只想为他们求个平安与顺利。千万不要像梦里那样，一会儿说不出话来，一会儿变成牛，一会儿又成了小鸡。梦见"牛"，是不吉利的。在奶奶他们的世界里，梦里的牛通常代表着"鬼"。而"鬼"跟"亡魂""死亡"等是近亲，她不愿去想。

夜里降过霜，圆根叶子变得毛茸茸、硬邦邦的，果果拔起圆根，寒霜冰冷入骨。她的脚上穿着出门前刚换上的雨鞋，又肥又长，走路笨拙而吃力，还咯吱咯吱地叫唤。那是妈妈的雨鞋。松软的土地上不一会儿印满大而浅的脚印，好像拔圆根的人不是果果，而是一个成年人。拔完圆根，果果拨开圆根叶子，开始拔那些稀稀拉拉伏在地上的猪草。她把草根拧下来，抛到地垄边堆起来。过不了几天，那些草根就会失去生命力，枯干，腐烂，再以肥料的身份重新回到地里。

除了每天上午到地里拔圆根，果果还要背上竹筐，漫山遍野地去割包括荨麻在内的猪草。到了中午，她就该赶上猪，让它们去山上寻觅食物了。这样一来，可减少每天拌进猪草的粮食，又能保证猪的进食量。妈妈他们刚走那会儿，家里的三头猪都还只有黄狗一般大，现如今，它们都跟小牛犊差不多高大了。它们像几只被吹起来的气球一样，在果果的眼皮子底下胀大。那就是食物的功劳，当然也是果果的功劳。果果敢打赌，等妈妈和哥哥他们回来，一定会大吃一惊。

拔了圆根，回家途中，果果看见那群顽童又在欺负医生的儿子。他们嘻嘻哈哈，簇拥着，朝医生的儿子大喊大叫："喂！医生的儿子，听说你读了四年书，只学了九个汉字回来，到底是不是真的？"

医生的儿子红着脸，支支吾吾。他们指了指自己的太阳穴，说："人家都说，你这里不太好使，你自己说，它到底好使还是不好使？"

医生的儿子更急躁，一副十分痛苦的样子。

"你怎么就不多学几个字回来呢，哪怕多学一个，说起来也是双数了呀！"

"那你会不会写你爸妈的名字？"

"你自己的名字，总该会写吧？"

每次看到医生的儿子，果果总觉得他跟自己很像，至于哪里像，她也不知道。每次看到他被人欺负，她都觉得心里酸溜溜的。她对为首的顽童说："嘿，你爷爷抓了一只野兔，说傍晚放牛回来给你呢，你还不赶紧去追？傍晚就该折腾得没气了。"

男孩两眼发光，却有些迟疑："你看到我爷爷了？他在哪里抓的？你想骗我？我可不傻。"还特意瞄了医生的儿子一眼，以示聪慧。

果果对他这个举动很不满，她背着竹筐要走，撇撇嘴，不屑地说："我骗你能分到一块肉吗？真假都分不清，还以为比谁聪明呢，信不信由你！"

顽童们将信将疑，你望望我，我望望你，终于在其中一人的带动下，你追我赶地一溜烟朝老人放牛的方向奔去了。果果让医生的儿子赶快回家，医生的儿子却摇头："我不回去。我要等他们回来。我也想看野兔。"

果果告诉他："没有野兔，我骗他们的，我没见过他爷爷。以后他们再欺负你，你就赶紧回家，不要跟他们一起玩，他们心眼儿不好。"

医生的儿子噘着嘴，失望地走了。

中午放猪时，果果远远地看见为首那个顽童沿着山路朝她这边走来。她了解那个男孩，很野，肯定要跟她纠缠一番，于是她挥手赶猪，想要横穿山路，退避到松林里。但这片地地底下渗出了水，草地湿漉漉的，猪们拱食起来很轻松，又有收获，个个都不愿挪步。果果赶了这只，那只绕开她，呼呼地出着大气扭头回来；赶走那只，这只又蹦跳着回到原地。眼看顽童渐行渐近，这三头向来对她唯命是从的猪，此时却造了反，气得果果直跺脚。她指着它们骂："你们就造反吧，我要被那个鬼孩子撞见了，你们还不听话，看我以后还带不带你们去好地方找食物！"

平时一听到果果的责骂就会做出反应的猪，今天却站住脚，呆呆地听完她的责骂，又各自撒起欢来。果果很想揪住它们的猪耳朵不放。那顽童就在松树林背后，拐个弯就会出现在她面前。果果慌忙跳下土坎，屏住呼吸，蹲着躲在一棵小松树下面。

她竖起耳朵，捕捉顽童的脚步声，越来越重，然后又变得越来越轻。她判断他已经走远，于是站起来，探出头往土坎上方看去，却看到顽童冷冷地站在上面。

顽童瞪着她："说，为什么要骗我？"

果果很慌乱："你……开……开不得玩笑吗？我都说了，信不信由你，你自己选的，怎……怎么能怪我。"

顽童心里清楚，面对这个伶牙俐齿的小姑娘，理是讲不过的，他跳下来，索性拽住果果的衣袖："你得赔我一只野兔！"

果果镇定下来，说："谁让你们欺负医生的儿子？以后你们谁再欺负他，我就告诉医生，让他用最大号的针头给你们打针！"又威胁说，"撒开！扯坏我的衣服，我还要告诉你爷爷和曲木老师，你抽烟，让他们用竹条抽你。"

顽童触电般松了手，骂骂咧咧地走开："谁……谁抽烟了，你不要乱讲。我，我不就捡了个烟屁股吗，我又没有点燃——点了照夜路走，也算抽烟吗？"

顽童离开后，果果整理一下衣服，看到三头猪都抬起头，不解地仰望着她。果果不满地白它们一眼，睁着怒目朝它们大步走去，三头猪争先往回撤。走了几步，哼哼唧唧地跳跃着小跑起来，一边跑，还一边时不时回头看果果。果果追它们追累了，停下来，妥协地朝它们招手："停下吧，停下，我不揪你们的耳朵了！"

猪听后停住脚，回过头来，静静地等果果走近。

这些天，山上的草木开始变黄，呈现萧条的趋向，放牛放羊的老人翻过牛驼山，要到更远的深山去放牧。有的放牧老人甚至赶着牛羊，在云帽峰背后没有人烟的深山扎下了棚，准备在那里过冬。果果放猪的地方也一天比一天远。三头猪对她的心思似乎也是心知肚明，每天都只是默默地埋头走在前面，不到达目的地，绝不乱窜。

果果在鹰栖岭偶遇了大哥的未婚妻依芝，才意识到她已经离开牛驼山境内，来到了鹰栖岭。

依芝十九岁，正是如花似玉的年纪。果果每次见到这个年纪的女孩子，都会不好意思地低下红扑扑的脸，尤其是见到像依芝这样漂亮的女孩。依芝见了果果，却不拘谨，她抚摸着果果被寒风拍打得通红的脸，让果果的心扑通乱跳，她说："果果，小可怜，你放猪怎么像放牛放羊，都放到这里来啦？看看你的小脸蛋吧，被风吹成什么样了。"

依芝稍显粗糙的手抚摸在果果的脸上，是温暖的，居然有点儿像妈妈的手，感觉不到粗糙。果果享受着这双手的抚慰，微微眯着眼，让依芝抚摸完。依芝在她的脸颊上擦了一种槐花香味的东西。依芝管它叫"香香"。擦完后，她把它塞进了果果的口袋里，说："留给你擦。这样，风就无法把你的皮肤吹裂啦。"

果果一点儿也不在乎这听起来具有神奇功效的"香香"，同时她觉得应该拒绝，可这事蕴藏着微妙的诱惑力，使她难以抗拒。

依芝又从口袋里翻出几颗红黄相间的水果糖，递给果果："这是我闺密出嫁时请我们吃的喜糖。给，沾沾喜。"

果果紧张得结结巴巴，努力摆手："不不不，我我……我不爱吃糖。我……怕牙蛀虫。"

依芝把她的手掰开，将糖放上去，再合上。接着，她在果果的衣裤上拍打灰尘。拍完灰，蹲下身来，把果果有些松垮的鞋带解开，替她重新系上。果果把裤管往上提了提，配合着，将鞋子完全显露出来。系完一只，果果主动把另一只鞋也伸出去。

依芝背起那座用干柴堆成的小山，缓慢地朝她朋友们离去的方向追去。坑坑洼洼的山路挂在大山的腰上，像条破旧的腰带，被山风撕扯着，歪歪斜斜地把大山分成了上下两部分，路的下方很陡峭，一眼望不见底；路上方林立着嶙峋的磐石，仿佛只要跺一跺脚，就可以将它们轰隆隆地震落下来。果果鼓起勇气，在背后提醒依芝："一步一步走，小心看路，不着急，让她们先走……"

声音太小，不像是在提醒依芝，而像是在提醒自己。她不好意思地红了一下脸。待她重新鼓足勇气，打算提高声音再说一遍，却发现依芝已经走得足够远，完全听不见了。

果果眺望着依芝的身影，直到她追上朋友们，和朋友一起消失在大山背后，才收回目光。她摊开手，看见那几颗穿着漂亮衣裳的糖果正静静地躺在她的手掌上。她拿起其中一颗，慢慢把糖纸剥开，让黄澄澄的糖露出来。然后伸出小舌头，轻轻地舔了舔，真甜。比那最甜的圆根干和玉米秆甜很多，可她偏说："也不是很甜嘛。而且，又不能当饭吃，没什么意思。"

她仔细将糖果重新裹上，装到口袋里。口袋变得有些分量了，她伸出手，隔着布，又摸了摸。这些天夜里，奶奶总喊口苦，有了这几颗糖，就不会那么苦了。她想着给奶奶带回去……

雾整整笼罩了大半个月，终于云开雾散，果果如常在山坡上放猪，心情像蓝天一样，也敞亮了起来。她坐在坡上，远远地眺望小学校里蚂蚁似的学生，信心满满地猜测：今天下午，致岛、耶诅可能没来上学；落烈子的比曲，日机莱的吾沙，可能又两三天没来报到；宪茨基莱的由瑟，大概又跑到镇上赶集去了……

眺望小学校，难免会想起爸爸，那可是由他挑头，张罗起来的学校。那根直立在学校操场上的杨树旗杆，她很多次都想放把火当柴烧了，可又觉得下不了手。由爸爸想起妈妈，还有两位哥哥。她的日子，总会有不一样的那天。她所期盼的日子，将会一天天来临。等妈妈和哥哥他们"凯旋"，日子就不一样了。哥哥会为她娶回善良勤劳的嫂嫂。也许过不了多久，一个嫂嫂就会变成两个。果果发誓，她一定会把她们当作亲姐姐，有什么好吃的、好玩的，全让给她们；有什么脏活累活，都抢着干。到了那时，她们一家人就用果果亲手养大的猪热热闹闹地过年、过火把节。果果还可以跟两位嫂嫂到镇集市上，挑选很漂亮很漂亮的彝族服饰。她要在火把节的三天里，把自己打扮得像个十八岁的姑娘那样花枝招展，光彩照人。不光如此，妈妈说过，只要攒够大哥娶依芝姐姐的彩礼钱，他们就不用再出去挣钱，果果也就不用再放猪，她可以做任何自己愿意做的事，当然也包括重新回到学校，继续上学。

果果想得太投入，居然嘻嘻地失笑了。

她捂上嘴，脸火辣辣的，观察了一下四周——还好，她的身边除了大山和枯草，就剩那三头熟得不能再熟的猪。她摸了摸自己的耳朵，竟这般烫。她随手拍打了一下身旁的花花，娇嗔道："都怪你！"

花花哼哼唧唧，甩甩猪头，摇晃宽大的猪耳，一副全凭小主人责怪的样子。

果果有一只精致的口弦，形影不离地挂在怀中。那是当年外婆送给妈妈的成年礼物，妈妈临走前，把它留给了果果。果果只有在最快乐或者最忧伤的时候，才舍得把它取出来，很用心很用情地弹上一段。铜片里拨出来的声音似乎长着一对对晶莹剔透的小翅膀，翕动着，像蝴蝶、蜻蜓一样，在蓝天白云下自由自在地飞，有的绕着她飞，有的越过山丘，飞向了可能是妈妈他们生活的远方。果果特意跟几个大姑娘去了好几趟镇集市，才为她的口弦挑选到一挂结实漂亮的缨子。缨子是热情的红色，当她亲手把它佩戴到口弦上，口弦就在她手中变成了一个花儿一样漂亮的姑娘，它甚至比火把节选美台上最引人注目的"金花""银花"还要艳丽，以至于果果穿着破旧的衣裳面对它时，会羞红了脸。她把它小心翼翼地珍藏在怀里，就像一个怀春的姑娘藏着一件小心事，藏着一个小秘密。

不绝如缕的白雾又开始在山谷里纷纷扬扬地浮游，阳光变得稀薄暗淡，四周静得有些瘆人。果果忽然想弹一段口弦，伸手往怀里摸了摸，却没摸到口弦。她又摸了一遍，突然惊慌地站起来——心爱的口弦不见了。她记得昨晚用布条拭擦过，今早穿衣时，还注意到它，甚至在上午出门拔圆根和猪草的时候，她还在无意中触碰过它。

可能是在放猪路上丢了，或者落在了圆根地里。

她急得满脸通红，汗水涔涔，拔腿就沿着公路开始往回寻找。

她找得小心翼翼，好像不是在找一只口弦，而是在找一根针，甚至是一根头发。每一寸土地，她都极其细致地搜寻。

来到圆根地，她找得更加入神。每一片圆根叶子，都被她来来回回地翻找了一遍，以至于把偌大的圆根地翻了个底朝天。

汹涌的雾气滚滚而来，遮天蔽日，填满了整个大山谷。天地间匆匆昏暗了下来。果果心急如焚，从圆根地到家，从家到放猪路上，又寻了好多遍。

回到放猪的地方，发现猪不见了。雾太大，果果以为只是走出视线范围，但她朝四面绕了一圈，并没有看到猪，就好像这三头猪也在浓雾里随着口弦一起凭空消失了。她不相信猪会走丢，但四下里除了白茫茫的雾气正在不紧不慢地弥漫，就剩一片片影影绰绰的松林。

额上的冷汗涔涔往外冒，果果觉得浑身又冷又热，恍然在梦里。

她开始追寻猪的身影。公路，坡地，河沟，山洞，石林，崖边……她的脚踏过的地方，都回响着一个十二岁的小姑娘带着哭腔召唤猪的声音："哎噜噜，哎噜噜……"

山上放牛放羊的老人完成一天的工作，赶着牛羊，往飘荡着炊烟的地方返回。荒野里，渐渐遇不到第二个人影，甚至就连一匹脱缰的马、一只走失的羊羔也看不见了。天地之间正在轰轰烈烈地酝酿一场漫漫长夜。

从爸爸去世后，果果就发现她很怕黑，在她眼里，那黑暗就是深渊，是无底洞，是能够一口将她吞掉的巨兽。只要天一擦黑，就算在外面玩得再尽兴，她也会乖乖赶回家。直到现在，晚上睡觉时，只要一灭灯，她就会把头缩进被窝，严严实实地捂上，不留一丝缝隙。即使把自己捂得满头大汗，也绝不把头探出来透会儿气。

可再怕黑，果果也不流泪，更不哭泣，她的眼泪，似乎只会在怀念爸爸，思念妈妈、哥哥，或者是看到妈妈、哥哥回来的时候，才会忍不住涌出来。

冬季日短夜长，加上天阴，又起浓雾，天很快就黑了下来。果果再次发现，这些年她觉得自己越来越像奶奶和妈妈，面对困难总是一副打不倒、压不垮的样子，可就是这个怕黑的毛病，始终如影随形，无法摆脱。倘若换成奶奶或妈妈，就算在伸手不见五指的黑夜，照样能独自走出几十里地。可果果此刻却慌了神，总是不自觉地打起寒战，让牙齿嘚嘚嘚地敲打在一起。

天很黑，就像在果果的眼前蒙上了一层很厚很厚的被子。山谷里静悄悄的，飞禽走兽似乎早已入睡。偶尔从难以辨别的方向传来松针扑簌簌掉落的声音，无数手爪正从四面的黑暗之中朝她伸来。

果果想到了她身上那三根火柴。

——那三根可以给她带来光明，可以为她驱逐恐惧的火柴。

因寒冷，也因害怕，更因内心焦灼，她像筛糠一样哆哆嗦嗦，摸出火柴盒，取一根在手上。一连划了三四下，火柴"刺"的一声燃烧起来。黑暗中绽放出一团美丽的火光。火光将她团团包围起来，映着她的脸庞，像一轮初生的红日。她乌黑的杏仁眼也在火光中有了光泽，变得闪闪发亮。

她的脚下横七竖八地堆积着松针。趁火柴梗尚未燃尽，她俯身抓起一把松针引燃。松针噼噼啪啪燃烧，像一只扑棱着翅膀欲逃的鸟被她抓在手中。那团火变得更加明亮，更加庞大，周围的松树渐渐现出了容颜。青烟扭着身姿缓缓升空，消失在看不见的黑暗里。借着亮光，果果朝前方深渊似的黑暗里探出步子。黑暗随着她的前进，不断消失，又不断恢复。

当她手中的松针快要燃尽时，她又在地上抓起一把松针续上。她嘴里的召唤声在林间密密麻麻地响了起来："哎噜噜，哎噜噜……"

果果的耳边仿佛一直隐隐约约回响着猪的回应声，那声音时远时近，时而清晰，时而模糊，指引着她在松林里走走停停，一路搜寻。

她的脚掌把整片铺着松针的土地踏遍。她弯下腰去抓松针，空手而归。手里的火光慢慢熄灭。她拖着黑影似的身子，走进了莽莽榛榛的荆棘岭。

她从荆棘丛中扯起枯草，取出第二根火柴，又连着划了三四下。"刺"——

枯草燃烧起来，在黑暗中跳跃。

荆棘张牙舞爪地盘桓在山间，时不时勾住她前进的脚步，让她不得不停下来，解除它们的纠缠。荆棘丛中枯草茂密，她手中的火没有因续不上柴火而熄灭。但岭上风大，枯草毕毕剥剥，火苗飘摇不定，她将火藏到胸前，用背去挡风的袭扰。冷风撕扯着她的衣裤、头发，她纤细的躯干像立在地里头的稻草人。

她一路拔草，护火，张望，呼唤。不知走了多久，也不知走了多远，像一匹野马，感觉不到疲倦。

一个趔趄，她绊倒在地，顺着小山坡滚落到荒地里。她手中的火熄灭了。火星斑斑点点，洒在地上，连成一条弯曲的线。她爬起来，将火星拾成一团，蹲下身，鼓着腮帮，缓缓地把气吹送进去，仿佛在给一个即将逝去的生命做人工呼吸。火星团在黑暗中变亮，变暗；又变亮，变暗……一亮一暗交替闪烁，越来越小，越来越暗，终于完全消失。黑夜扑上来，再次将她扑倒在地。

她这才发现，她的脸上、手上、腿上，划出了许多血道子。她顾不了这生疼，摸索着，蹒跚前行。

为了给自己壮胆，她放开喉咙，加大声音，一句接一句地呼唤："哎噜噜，哎噜噜……"那一声声呼唤在漆黑的山谷回荡，像一只只被风吹歪斜了身的小燕子，颤颤巍巍，感觉在发抖。

果果在黑暗中明显地感觉到，山形地貌早已完全陌生。这意味着她离家越来越远。

火柴盒里还剩最后一根火柴。

她想找到一点可以引燃的东西，驱散这和恐惧相互交织缠绕的黑暗，可这一片山光秃秃的，什么也没有。就连好不容易响起的一两声虫的梦呓、鸟的啁啾，也很快在空谷里销声匿迹。死寂与黑暗令果果的汗毛纷纷竖立起来，她的胸膛内，正有一面羊皮鼓轻轻悄悄地敲响起来。此刻的她，无比渴望猪们哼哼唧唧的声音打破她耳边无边的岑寂。

她大声叫喊："花花、壮壮、圆圆，你们在哪里？该回家了……"

不知又走了多长时间，多少里地，她终于走进了一片竹林。

她趴在地上，咔嚓咔嚓，撅断枯干的毛竹，从脚边摸索着扯起藤条，用藤条把竹子扎成火把。只有这最后一根火柴了，她必须借用一种像火把这样不易熄灭，又能持久燃烧的材料，照亮前方剩余的路。

她从怀里摸出火柴，把最后一根火柴取出来，在黑暗中抬起手，欲划下去，但感觉到风正冷冷地抚摸她的脸和手，于是她止住了。

静静地等。等风变弱。等垂落到额前痒痒的发丝慢慢静止。确保暂时不会起风，她再抬起手来，轻轻向火柴盒磷面划去——

嚓——嚓——嚓……火柴盒磷面由于使用过久，变得光滑而单薄，不易擦燃。

她翻了另外一面。嚓——嚓——嚓……还是未能擦燃。

她旋转着火柴梗，调整火柴头和磷面的接触面。嚓——嚓——嚓——嚓……"刺"！

一声仓促而短暂的燃烧声。黑暗中的火光一亮一灭，如昙花一现。破碎的黑暗重新愈合，犹如一个阴森森的梦境，以极快的速度聚拢，贪婪而彻底地将果果吞噬。

果果扔掉手里的空火柴盒和火柴梗，放下火把，绝望地蹲在地上。

当她蹲到地上，无助地朝黑洞洞的四面望去，她发现，那一刻她已经不再害怕黑夜。这宽广神秘的夜，一览无遗地裸露在她面前，真诚，坦白，正在孕育一股神奇的力量，就跟白天一样，博大，沉稳，富有一种磅礴的魅力。她已经在夜行中渐渐适应了这黑夜，甚至能够隐约看见躺倒在地的杂乱的竹枝和草茎。

她不知道她是从什么时候开始不再畏惧黑夜的，总之，她可以确定，此时此刻，她坐在远离人烟、一片漆黑的竹林里，非但没有感到害怕，反而还莫名觉得这黑夜有些亲切，有些令人着迷。

至少此刻，正是这黑夜耐心与她相伴，并寸步不离地守护着她。

果果的耳边仿佛又响起了猪们熟悉的哼哼声，像爸爸的鼓励，妈妈的童谣，穿透黑暗，越过密林，急切地传来。她站起身朝声音传来的方向奔窜而去。筷子粗细的毛竹不断在她眼前涌现，她不断将其朝两边拨去。额头、面颊、眼角、双手，一次次被竹叶划破，被弹回来的毛竹抽打。这片竹林太大了，汪洋恣肆，仿佛没有边际。冷风悲鸣着从山梁奔袭而来，竹林变成了汹涌的海浪，果果就是一条小小的鱼，在这一望无边的海洋中游啊游，游啊游……

　　她觉得自己离她的猪们越来越近，仿佛已近在咫尺，同时也离不远处一片明亮、温暖，与黑夜交融的火光，越来越近。

　　她真切地感觉到，这一次，她的耳朵不会再欺骗她。脚掌钻心地疼，那是被锋利的竹茬戳破了，但她丝毫没有停留片刻的意思。就好像只要晚了一步，她的猪就会随着那一片亮光，那一片人声，变成一缕青烟，消失在这无边无际的夜里。

大红
蝴蝶
飞呀飞

云翳在教学楼上空斜斜飞过，像只大鸟。秋阳穿过那云，直直照射下来，铺洒在萨里眼前的纸张上，反射出一团耀眼而温暖的光芒，把萨里的小脸蛋照耀得清晰明亮。他很用力地握着圆珠笔，歪着脑袋，一笔一画在一本《新华字典》的扉页写下了四个大大的字。它们工整漂亮，组成了一个名字。他多么希望这四个字就是他的姓名——这是他同桌的姓名。萨里的字写得工整，同桌请他帮忙，在这本崭新的《新华字典》扉页上署名。

　　中秋刚过，他们要学习用字典查找生字了，全班五十二名同学，好像就萨里一人没有准备《新华字典》。这暖暖的阳光洒在他身上，有点像月光下的一层霜，他的心被埋进一片冰天雪地的黑土里，一阵软风吹过，都能让他不禁哆嗦两下。早在入秋之前，老师就让他们通知家长，要准备好字典。那时镇上刚遭遇一场猝不及防的洪灾，萨里家的铺子也被一卷而空，爸妈整天灰头土脸，忙着收拾一堆堆烂摊子，听完萨里的诉求后，只草草回应了一声"知道了"，就没了下文。每次萨里鼓起勇气准备再次提起，看到爸爸忙碌的身影，妈妈疲惫的脸庞，酝酿了很久的话就会像一颗不小心吞下去的糖，卡在喉咙里。萨里知道，他们家的铺子开到今天，着实不易，而今却毁于一旦。他隐约能理解到爸妈此刻的心情。

那时萨里还没上学，妈妈还在老家。爸爸带着他来到镇上，在街上租了一间狭小的铺面，摆上一张台球桌，白天供镇上赶集的人娱乐，晚上拉下卷帘门，父子俩就在台球桌上铺上铺盖卷，呼呼大睡。这台球桌宽敞、沉稳，比老家的木床还舒服呢。爸爸翻身不爱在原地翻，要滚着翻，经常睡着睡着，轰一声落到地上。睡梦中的萨里还以为屋外在打雷。爸爸眼睛也不睁，摸索着重新爬上台球桌，继续睡，嘴里嘟囔着："没事没事，睡吧，睡吧……明天还要早起。"睡到天明，父子俩把铺盖一卷，收到角落，取出塞在台球桌下的电饭锅、电炒锅，和几只碗盆、马勺，开始煮饭、炒菜。

有时候，这对年轻的父子还没来得及爬起来，就会有人在门外哗哗哗地拍打着卷帘门，嚷嚷着要打桌球。爸爸就轻拍萨里的小脸蛋，高兴地说，醒醒，儿子，赶快醒醒，有生意上门啦，快起来。那时萨里总是很嗜睡，睡到天明哪里睡得够，如果不用吃饭，不用帮爸爸守桌球，让他睡上一天一夜，他也未必舍得睁一下眼。萨里困极了，只好趴在墙角的铺盖卷上，眯着眼，一愣一愣地打盹。爸爸守到凌晨一两点，早上又起得这么早，也是口干眼涩，恨不得撅根火柴棍将上下眼皮支撑起来。

萨里上学后，爸爸就在墙角给他拉上一张帘子，铺上巴掌宽的临时地铺，每晚让他先睡一段。等打桌球的人一拨一拨尽了兴，都慢慢散去，爸爸在桌面上铺好铺，再把萨里抱上去继续睡。他们攒够了本钱，爸爸在门前摆了些饮料、烟酒。没过多久，又添了水果。既要卖水果，又要看桌球，爸爸更加忙碌。萨里放学以后，需要帮着爸爸守桌球。小朋友们去河边戏水，去机关单位做游戏，去小山坡上放风筝，再也没有他的份。他只有把衣服铺在地上，独自玩他的赤皮青冈果陀螺。

这种陀螺由一颗成熟的赤皮青冈果和一根竹签组成。竹签穿起青冈果，类似手捻陀螺，但竹签得更长，方便用巴掌搓捻，转起来也就更加迅猛持久。萨里管它们叫"骏马"。让两个陀螺比赛旋转的耐力，叫"赛马"。他将第一个陀螺搓下去，再把第二个搓下去。两个旋转的陀螺在狭窄的空间内发生摩擦、碰撞，嚓嚓啪——嚓嚓啪，碰了分开，复又碰撞，几个回合下来，总有一个陀螺会率先停止旋转，这叫作"斗败"。这时陀螺就不再是"骏马"，而是"公牛"了，这种游戏也自动改称"斗牛"。斗败的放在一旁，让斗胜的继续接受下一头"公牛"的挑战。到了晚上，他要去睡觉的时候，爸爸就会问："今天谁是冠军呀？"

他埋下头说："小花。"

那是一个赤青相间的花陀螺。或者回："今天的冠军是大块头或小敦实。"

爸爸把桌球转让给一个刚到镇上做生意的小伙子，把店铺改成了卖东西的铺子，卖水果、干杂、日用百货，还把妈妈也接到了镇上。萨里不用再经常替家里看守铺子。放学后，他就成了一只飞出笼子的小鸟，在镇上飞来飞去。妈妈比爸爸小几岁，他们都很年轻，但店铺经营得有声有色，经常周济老家的亲朋好友。他们投入所有积蓄，把隔壁的铺子也盘下来，扩大了门面，水果货物，满满当当。就在这时，一场大暴雨过后，洪水说来就来，翻过河堤，像头野兽一样冲进了街道，卷走了铺子里大部分货物。残留在铺子里的水果饼干，浮在水中，泡烂、变质……

清脆的上课铃声响了起来，像条皮鞭猛然抽到萨里身上。他一激灵，屏住呼吸，端坐着等待一场狂风暴雨袭来。语文老师捧着《新华字典》进来了。她的脚步落到水泥地面上，就像踩在萨里心头。她抬眼扫视了一圈教室，说："没带字典的同学，举起手来我看看。"

拖拖拉拉地，桌面上出现几只小手，像第一次见公婆的小媳妇。一共有八个同学没带字典。萨里稍稍松了一口就快憋不住的气，把自己的小手也害羞地举了起来。低低的，耷拉着，像一只冒出头来观察敌情的小老鼠，毫不张扬，彻底失去了平日里抢答问题时的神气。老师往鼻梁上推了推眼镜，又扫了一圈四周，用手压了压，让同学们把手放下去，说："这样吧，没带字典的同学，先跟旁边的同学一起看。回家后，让你们的家长抓紧，再不能拖了。"

萨里胸中的狂风暴雨暂时平息了，室内的气氛很像洪水退去后满目疮痍的小镇。

一节课下来，萨里内心的激动久久不能平复。他第一次体会到，字典原来是一种这么棒的学习工具，无论遗忘的字，还是头一回见到的生字，只要用这字典一查，立刻就能查得明明白白，清清楚楚。世上居然还有这种跟作弊一样的学习方式，往后学习就彻底成了一件轻松又美妙的事了。他和同桌为了证明世上所有的字都可以在这本字典里找到，特意到图书馆借了一本高年级学生看的书，挑一些难写、难认的字检索。查一个惊喜一次，一条漏网之鱼也没有。上面的解释非常翔实，比老师讲的还清楚、全面。更重要的是，这些解释就在他们手底下攥着，想什么时候翻出来重温就什么时候翻出来。而且不会要求他们以很快的节奏跟上，可以慢慢理解，慢慢消化。只要有了这字典，遇到不认识的字再也不愁了，更不用硬着头皮向别人请教生字生词了。字典就是他们博学、温和，且随叫随到的老师。对于字典的种种好，萨里心中有个时下流行的字可以形容：酷！他深深地被字典震撼并吸引住了。

放学回到家，爸爸已外出归来。处理完被洪水糟蹋过的铺子，他们家没法再在街上开铺子了，爸爸开始进山，收羊皮牛皮，还用针头线脑和火柴去换妇女们的长头发。那得走乡串户，不是一两天的事，一月里，爸爸也无法在家歇息两天。吃完饭，萨里找准时机，乖巧地坐到爸爸怀里，然后提出诉求：让爸爸给他买字典。爸爸不知道什么是字典，更不知道应该上哪儿去买，问萨里："这样东西，街上有卖吗？"

萨里也不知道字典要到哪里去买，但他知道，街上没有字典卖。爸爸点点头，说他记下了。就跟上次一样，萨里有点儿失望。但他不怨爸爸，爸妈都没有上过学，只会说一些简单的汉语，连一个汉字也不认识。

第二天上学时，萨里要做的第一件事，便是向同桌请教他的《新华字典》是从哪里买来的。同桌茫然地摇晃着脑袋，说："我也不知道哇。得回家问问我爸才知道。我明天才能告诉你。"

老师又让没带字典的同学举起手来。加上萨里，只剩三个同学没有字典。一整天里，萨里满脑子都是字典，几乎忘了玩耍，忘了吃饭和喝水。快要放学的时候，他对同桌说："我可以跟着你一起去问你爸爸字典在哪里买的吗？我怕等到明天，我爸爸就不在家了。"

同桌同意了。他们俩手拉手，嘻嘻哈哈地走出校门。同桌家住在街头，是少数几家没有被洪水洗劫的铺子之一。他爸爸有两撇浓密的小胡子，带着笑告诉萨里："买字典呀，那可得到新华书店呢。"

萨里听不明白："新华书店在什么地方？"

"新华书店嘛，专门卖书的地方，在县城。汽车站斜对面就是。你爸爸能找着。"

萨里像一只被人追赶的兔子，朝家飞奔。他拐过弯弯曲曲的小巷道，一路上弄得鸡飞狗跳，推开门嚷嚷起来："新华书店！是新华书店！"

爸妈一脸惊愕地望着他。家里来客了，是老家来的大伯。他们正在讨论如何把铺子重新开起来的事宜。爸爸问萨里："什么新华书店？"

萨里把手支在膝盖上，大口大口地喘粗气，很久才把话说出来："字典。字典要到县城的新华书店去买。就在车站斜对面，你能找着！"

爸妈相视一笑，大伯也捋捋胡子跟着微笑。他们的笑容里透出某种扬扬得意的神秘。妈妈率先打破这神秘："你堂哥的字典还在，你大伯说了，过几天赶集的时候，就给你带来！"

堂哥曾上过初中，确实应该有字典。但萨里还是要亲口问大伯："是真的吗？"

大伯摸摸萨里的额头："千真万确呀。下个赶集日，就让你伯母给你捎来，好不好？"

萨里说："那可不许搞忘了哟！"

大伯含笑点着头："忘不了，忘不了，就把心放在肚子里吧。"

大伯和爸妈又聊了很久，大伯的意思是，希望爸妈把曾经接济亲朋好友的钱先收回来，重新把店铺开起来。爸妈则认为，亲朋好友也都有各自的困难，不好拖着他们一起陷进泥潭，开店的事急不得。

他们聊到很晚很晚，他们的说话声一直在半梦半醒的萨里的耳朵里打转。

萨里开始等下个赶集日的到来。镇上每十天赶一次集。爸爸又离开小镇了，他这次需要跑得更远，打算跨县去收羊皮牛皮，要很长一段时间以后才能回来。他跟妈妈和萨里依依惜别。

到了语文课，老师让没带字典的同学举手。已经只剩两只小手了。另一只手，是离萨里不远处一个女生举的。她的衣服和鞋子总是脏兮兮的，脸蛋却洗得红扑扑的。她爸爸在她很小的时候就进了监狱，她妈妈不做生意，也不干活，成天在街上打牌。萨里希望老师问他们，你们为什么没有带字典呀？这样，他就可以字正腔圆地告诉老师，等赶集的时候，他就有字典了。可老师并没有这样问。而且在今后的语文课上，她甚至没有再让没带字典的同学举起手来。

一天下课后，老师来到萨里和那个女生旁边，询问他们是否学会了查字典。她把她的字典借给他们，让他们俩当着她的面各查一个生字。萨里红着脸，很快就把生字查了出来。他在为那个女同学提着心，怕她查不出来，挨老师的训。果然，那个女生把字典翻过来翻过去，纸张哗哗乱响，迟迟没有查出那个字来。好在老师没有训她，而是又单独教了她一遍。那个女同学很紧张，一直低着头，在老师教她的时候不仅反应迟钝，还连连出错。萨里为她捏了一把汗。

赶集的日子终于到来，正好是个星期天。一大早，太阳还没爬上山，萨里就要去街上迎接伯母。妈妈挺着肚子，在后面叫他："不用去街上迎，她会到家里来的。回来吧，快回来。"萨里嘟着不高兴的嘴，站在门口不挪脚。妈妈又说，"你这么早去，也没有用呀，你伯母走到镇上，怎么也得是出了太阳以后。"萨里歪歪脑袋："万一伯母有事，早早地就出发了呢。"妈妈笑了笑，妥协地说："那你注意着点吧，到时人多了，别被人踩踏了。"

街上一大早就有赶集的人，但比较稀少。萨里站在通往老家的路上，仰着脸，往那条路上眺望。路上不断有三五成群的人朝这边走来，又往镇上走去，就是没有看到伯母的身影。

大伯是不是忘了？伯母会不会有事不来赶集了？是不是堂哥的字典不在了，伯母不好意思来赶集了？这样的想法一个接一个冒出来，让他坐立不安。

他沿着那条路往前面走。遇到很多人，有的正是他们老家附近的人，他就追上去打听："你知道我伯母今天来赶集吗？"

那人故意逗他："你伯母是哪个呀？不认识哟。"

萨里响亮地把伯父的名字说出来。他们哈哈大笑，告诉他说:"你伯母要来赶集的。可能就在后面了。"

萨里一高兴,缠着人家问个没完:"万一她有事不来了呢?"

那人说:"来时我们还叫了她一声呢,她让我们先行一步,应该就在后面。"

心里有底,萨里越走越起劲,越走越远。当他站在山坡上,顶着深秋的风撒下一泡黄澄澄的尿时,已经看不到小镇的面目。

他在这里等呀等,终于,远远地看到了伯母的身影。他朝伯母奔过去,嘴里叫喊着:"伯母,伯母,带来了吗,带来了吗?"

伯母把手放在眉上,遮出一片阴影,远远地看了一会儿他,才朗声回答:"带来啦,带来啦!你慢点,慢点,小心摔跤。"

伯母从包里取出字典。那是一本破破烂烂的字典,很旧,已经没有了红皮,残破的扉页上只剩下一个字:典。不过萨里已经很满足,只要能查字,有没有封面又有什么关系呢?他把字典抱进怀里,又蹦又跳,嘴里嗷嗷叫着,活像一头撒欢的小猪。他不知道怎么表达内心的激动,只好把所有的语言和动作夸张了好几倍。一会儿要替伯母拎包包,一会儿要牵伯母过河,一会儿要给伯母掸裙上的灰。把伯母和她的同伴们逗得东倒西歪,笑成一片。

回到家,萨里趴在床上,把前几天早早准备好的生字本拿出来,一个一个地查。奇怪的是,这字典跟同桌他们的字典竟不一样!他连查了几遍,一个字也没有查到。翻来覆去查了一晚上,开始怀疑自己的查找方法出了问题。他期盼第二天的语文课早些到来，好举手向老师请教。向来嗜睡的萨里，这一晚竟有些难以入眠。夜被拉得长长的，像一条怎么走也走不到头的路。

第二天，老师把他的字典拿起来，翻看了几页，又不动声色地把它放回原处，轻声说："先跟同桌一起看吧。"

下课的时候，老师来到萨里身旁，轻声对他说："这是一本成语词典，查成语用的，不是字典。"

这天放学回家的路特别漫长，而且更陡，书包沉甸甸的，像装满了石头，坠得萨里不得不深深地弓着背。推开门，他重重地把书包扔到床上，让悲伤和委屈集中起来，哇哇地向妈妈哭诉："堂哥的字典根本不是一本字典，它是一本词典……我需要的是一本字典，我不要这本词典……"

妈妈正挺着大肚子织毛衣，慢条斯理地说："什么典啊典的，你把我都说晕了。你就说吧，这本能不能用？"

萨里纠结地说："不能用——也能用，哎呀——呜呜……"

泪水就从眼眶里落了下来。

妈妈长长地叹了一口气，说："能用就将就着用，你也知道，咱家今年不比往年……"

这一晚，萨里吃什么都不香，也不想再出去跟小伙伴们玩耍。他坐在床上，望着窗外，两眼不觉就有些发直。

临睡前，有人敲门。是那个胖邻居，她虽没怀孕，却挺着个比妈妈还大的肚子。她丈夫是个在山上当书记的，她手拙，织不好毛衣，也不愿一针一线干那精细活，拿着几捆毛线，要找妈妈代织。这不是头一回。附近很多爱打牌、坐不住的妇女，都请妈妈帮忙织毛衣。熟识的，把织剩的毛线送给妈妈答谢即可，不熟的，打听着来的，还会给妈妈付点儿手工费。胖邻居向来慷慨，她的毛线每次准有剩余，且每次坚持另付手工费。她掩门离去后，萨里想睡觉也睡不成了，妈妈让他帮忙团毛线。他心情不好，不愿帮忙。妈妈哄他说："来吧，乖儿子，织毛衣的手工费就给你买一本字典，好不好？崭新的，咱不要你哥那本旧的了。"

萨里歪着头："真的吗？"

妈妈轻松一笑："当然是真的，妈妈什么时候骗过你。"

萨里学着同学的语气，对妈妈说："那你敢不敢拉钩？"

妈妈不知道拉钩是什么。萨里一边教妈妈拉钩，一边向她解释说："拉了钩，谁说到做不到，谁就是小狗。"

妈妈和他拉了钩，又在萨里脸上暖暖地碰了一下鼻子。萨里红着脸，坐在妈妈对面，和妈妈一起团毛线，一直团到在昏暗的灯光下摇摇晃晃，打起了瞌睡，妈妈才让他爬上床睡觉。

他的同桌告诉他，隔壁班有个同学原来一直在用他哥留给他的字典，这两天他爸爸又给他买了本新的，原来那本打算卖掉。萨里跟同桌商量好，一放学就去找那个同学。他俩在学校大门口等了很久，把教室里的学生都等空了，还是没有等到那个同学。他们向那个同学的同班男生打听，男生们说："他今天没来上学，请假了。"

萨里决定上门拜访。同桌认识去他家的路，萨里却不认识。萨里请同桌跟他一同前往，同桌怕回家晚了，挨老爸的揍，支支吾吾不愿去，只把那个同学的家庭住址详细地告诉了他。

萨里上气不接下气地跑回家，找妈妈要钱。妈妈问清缘由后，拖拖拉拉一阵，还是没有食言，给了他十块钱。萨里攥着这十块钱，一路朝同桌告诉他的地址跑去。快到达目的地的时候，萨里发现前面有两条路，不知道要走哪一条，凭感觉选了一条，继续奔跑，却跑进了一条死路，只得掉头再往回跑。

前面是一排民房，萨里不知道是哪一家。同桌只告诉过他，是第五家，没说是从左边往右边数，还是从右边往左边数。这时，他看见班上那个和他一样没有字典的女生站在一扇门前，正要抬手敲门。她一眼就看出了萨里到这里来的目的，朝萨里招了招手，说："我知道，他家就是这一家，来吧。"萨里往前走去。女生敲开了隔壁班那个男生家的门。开门的正是那个小男孩，问清他们的来意后，他说了一声，请跟我进来，就朝屋里走去。

萨里站在大门口，没有迈步，那个女生又朝他招招手，示意他进去。他失落地摇了摇头，说："我就不进去了，你进去吧。"

他退出来，蹲在路旁，一边抚摸一棵小草，一边安慰自己：谁让她比我早到一步呢？谁让我自己跑到死路里去了呢？我好歹已经学会了查字典，她还没学会呢。况且，我认识的字，也应该比她认识的多，她更需要这本字典。

没有字典，萨里一得空就拿着成语词典装模作样地翻阅，随着心境的变化，竟也渐渐有些喜欢这本成语词典了。他发现，很多他平时想说却不知道怎么表达的话，居然可以简单地用四个字准确地表达出来，这也是一件令他又惊又喜的事。他学习好，字写得漂亮，经常被老师夸，就叫"名副其实"；看到语文老师的儒雅，长大后想成为她那样的人，就叫"见贤思齐"；想要得到字典，像他这样着了魔似的，就是"朝思暮想"。他把这些喜欢的成语抄录在一本小册子上，每天早上放声朗读一遍，一有空就拿出来重温。小册子上的成语越积越多，密密麻麻的，一张又一张。他终于可以把这本《成语词典》端端正正地摆放在书桌左上角了，就像同学们把《新华字典》光明正大地摆在书桌左上角一样。班上那个原来没有字典的女生，有了字典后，不但学会了查字，而且查字的速度似乎比他更快了。她经常主动把她的字典拿过来，让萨里查新遇到的生字。

老师没有再提萨里没有字典的事。萨里遇到生字生词，也可以从身边任何一个同学处借得字典，可那些字典归根结底不属于他，他还是没有一本一天二十四个小时、一年三百六十五天，都会躺在他的书包里的《新华字典》，不能什么时候想查字，就什么时候拿出来慢慢查阅。别人的字典，扉页上都大大地写着他们的名字，而不是萨里的名字。而且全班五十二个同学，就他一个人没有《新华字典》，这让他感觉到，有时候他真有点儿像课本里的那只丑小鸭，跟别人不一样。虽说他的课桌上也摆着一本，可那毕竟是本成语词典。它就像青蛙群里的一只蛤蟆，大片竹林里一株少见的漆树，如果非要用一个成语形容，那就得叫"鸡立鹤群"，或者是"格格不入"。

秋天悄悄过去，冬天悄悄来临，到小镇上来做生意的人不觉增多。他们拉着马车，开着拖拉机或小货车，把各种稀奇古怪的东西或者新鲜事物带进小镇，再从小镇把他们想要带走的东西一一带走。这天放学，萨里在路上看见一个生意人在做锅碗瓢盆生意。他卖锅碗瓢盆跟别人不一样，更支持以物换物，用土鸡土鸭、土鸡蛋土鸭蛋等，换锅碗瓢盆。随他一起来的一个小男孩正在马车上看守货物。萨里一眼就发现，小男孩的书包里躺着一本九成新的《新华字典》，他估计这本字典扉页上的名字写得很小，很容易用胶布将它盖住，换成自己的名字。

就像老鹰盯上一只小鸡，萨里打上了这本字典的主意。他没有想到好办法，只能像在空中盘旋的鹰，来来回回在小男孩眼前晃悠、磨蹭。小男孩也注意到了他，频频抬眼打量他。他俩似乎都有说话的欲望，可谁也没有胆量先开口。萨里看到不远处，不断有人把鸡蛋鸭蛋一个个放进他父亲的箱子里，再从他父亲手中接过一个个锃亮的锅碗瓢盆。萨里知道，家里也有一些鸡蛋，就装在那口废弃了的老灶里。此刻它们都变成了一个个乒乓球，在萨里眼前不断跳跃，欢呼，甚至朝他挤眉弄眼。

夕阳将要西下，集市正在为散场做着最后的准备，空旷的街道镀上了一层金黄。再不付诸行动，就要眼睁睁让这只"小鸡"钻进茂密的荆棘丛，彻底寻不见。萨里干咳一下，引起小男孩的注意，他望着天空，说："今天……夕阳真是不错呀，可惜，快落山了。"

小男孩也望了望远山，说："那叫'夕阳无限好，只是近黄昏'。"

萨里啪啪鼓掌，朝他竖起大拇指："厉害呀，你真厉害，这都懂，我……我佩服得……五……五体投地……"

小男孩也笑了："你也不错嘛！"

萨里不无得意地说："你……你们也教查字典啦？"

小男孩点点头："早会查了。你呢，你会查了吗？"

萨里赶紧说："学是学会了，可我没字典，全班就我一个没有呢。"他试图博得小男孩的几分同情。

小男孩果然说："是吗，那可不太好啊。为什么不让你爸爸妈妈给你买一本呢？"

"镇上买不着，要到县城去买，而我爸爸又总是太忙……你们买字典容易吗？"

小男孩点点头说："不算难吧，我们离县城有一个小时的车程。"

萨里用脚尖轻轻磕着一块石头，咳了咳，说："如果……如果你愿意，我希望用鸡蛋换得你那本字典，我将……将没……没齿难忘！"

小男孩问："你有多少鸡蛋呢？"

"二……二十来个。至少，也得十七八个。"

"好，我去问问我爸爸。"

小男孩跳下马车，朝他爸爸小跑而去。小男孩仰着头，在跟他爸爸说着什么，还指了一下萨里。萨里赶紧把脸转向别处。他用余光瞥到，小男孩正扯着他爸爸的衣袖，似乎在做一番请求。一阵风吹来，撩拨着萨里泛黄的头发，他不禁打了个寒战。小男孩终于喘着气跑回来。他眉开眼笑地对萨里说："我爸同意了。我们每个月都会去县城好几趟，字典容易买到。你……你快去取鸡蛋吧，我等你！"

萨里铆足了劲，一路朝家狂奔，还发出了类似小动物尖叫一样的庆祝声。他的头发在夕阳中像马鬃一样欢腾起来。

家门紧锁。他踮着脚，从脖子上扯出用毛线拴住的钥匙，慌乱地捅开了挂锁。鸡蛋就藏在那口灶里。那些鸡蛋都是小镇被洪水席卷以后，他在河边的淤泥里挖出来的。那段时间，小朋友们都在河边挖东西，挖出什么的都有，饮料、玩具、皮球……萨里造化低了点，只挖到了两罐可乐和这些鸡蛋。他原本打算，等他家的铺子重新开起来的时候，再把它们摆放到铺子里卖掉，换些他一直想买却没有买成的东西。他把手臂探进灶内，一个一个把鸡蛋摸出来，搁进兜里。摸出一个，嘴里数一声：一个，两个……十六……十七！

　　他"嘭"的一声关了门，又撒腿疯了似的奔跑起来。虽然小男孩承诺等他回来，他也相信小男孩，可他还是担心他们改变主意而走掉。时间显然已经不早，赶集的人差不多要散尽了。从家到大街上的路拐来拐去，又窄又陡，像迷宫似的。道路两旁挤满了各种破旧而毫无规则的建筑，密集程度好比一根玉米棒子上的玉米粒。萨里穿着红色的上衣，在这些建筑中间奔来转去。风托起他肥大的衣服，像一只飞舞的蝴蝶，展开了翅膀要飞起来。

　　"啪"一声，一个鸡蛋从兜里滑落下来，摔在石板上。摔碎在地上的鸡蛋并没有流出蛋清蛋黄，倒翻涌起一股烟雾似的粉末，空气中弥漫着一股臭不可闻的气味。这鸡蛋坏掉了！或者说，它们原本就是一群坏蛋。萨里从兜里摸出一个鸡蛋，在耳边摇了摇，侧耳聆听，听不到也感觉不出蛋壳内有液体涌动，说明这蛋也是坏的。萨里握着它，在路边的岩石上轻轻磕去。刚一磕破，臭气就张牙舞爪地喷发出来，拼命钻进他的鼻孔，让他头脑发涨。

萨里像只斗败的小公鸡一样，垂头丧气地兜着鸡蛋，走在落满了纸屑、糖果皮和枯叶的凌乱街道上。那小男孩踮着脚仰起脖子，看见了萨里，远远地朝他招手。别的生意人都走光了，只有这对父子还在等他。萨里的心里更加难过。等他走近了，小男孩的父亲伸着脑袋，往他的兜里瞄了一眼："多少个？"

萨里颤抖着说："还……还剩，十五个。"

"放到箱子里去吧，轻点，小心碰破了。"他很信任萨里，忙着收拾东西去了。

小男孩见萨里还愣在原地，催他说："快去呀！走，我帮你。"

萨里往前走了两小步，站住后，转过身来，问："你叫什么名字？"

小男孩不解地望着他，说："我叫拉野。"

萨里点点头，说："谢谢你，拉野。我叫萨里。"

拉野说："不客气，萨里。"

萨里兜着鸡蛋一颠一颠地跑了。胶鞋拍打在街面上，发出抑制着哭腔的啪嗒啪嗒声。

他来到河边，在一堆庞大的生活垃圾旁坐下。河水蹦蹦跳跳地沿着河道向远处奔赴而去，两只羽毛漂亮的鸭子仰着脖子朝他嘎嘎嘎嘎怪叫而来。他将鸡蛋一个一个举起来，抛出去。鸡蛋在空中画着弧线，不自量力地扑向垃圾堆里的玻璃瓶子，啪——碎了。——啪！——啪！——啪！河边腾起了一股又一股青灰色的粉质臭气。

萨里像大病了一场，恹恹地过了一段日子，天上就纷纷扬扬地飘起了雪花。

学校搞了个"辞旧岁·迎新春"的知识竞赛,有"奥数比赛""成语大会""口算专家""诗词背诵"四项,高年级低年级各一组。奖品种类繁多,书包、整套文具、足球、篮球、羽毛球,还有《一千零一夜》《格林童话》《十万个为什么》等各种书籍,其中就有《新华字典》。萨里毫不犹豫报名参赛。他对"成语大会"很有信心。

每天除了课内学习,萨里就抱着《成语词典》记和背。这些天来,他的成语更是大有长进,许多次在老师提问成语,课堂里鸦雀无声时,他都能一口气给出正确答案。他报名参加"成语大会"时,老师也给他打气说:"别说低年级组了,就是让你去高年级组参赛,这奖,也跑不掉喽,只管好好准备吧。"

每次学校组织竞赛,他们的语文老师都会参与出题,上一届的"成语大会"竞赛,就是她负责出的题。她的话,就像一盏明灯,亮堂堂地挂在萨里心中。这是得到《新华字典》的绝佳机会,萨里必须抓住。每天晚上很晚他都不愿意睡,妈妈劝说不动,只得灭了灯,逼他去睡。到后来,家里停了电,也不用再由妈妈灭灯了。妈妈说,还有一个星期左右,他们一家人就要重新搬回街上去了,剩下这几天不打算再充电费。

家里备了一根蜡烛,只在上床睡觉时用。上床前,就得摸着黑过日子。妈妈入睡后,萨里悄悄爬起来,摸黑出门,到门外的路灯下继续学习成语。纷纷扬扬的雪花飘洒着,寒气在小镇越积越厚,天地成了一个无形的大冰柜。一盏昏暗的灯孤立在路旁,默默地散发着温暖、干燥的橘黄色光芒,它们以锥形俯下身来,热情地揽住萨里的肩头，把他的皮肤、书本，照耀得晶莹剔透。

明天就是知识竞赛的日子了。萨里如常背靠灯柱，把《成语词典》摆放在大腿上，沙沙地在草稿本上练习。他写字像是在木头上做雕刻，刻得深，挪得慢，偶尔写错了，从身旁取出橡皮擦，脑袋一摇一摇地擦。擦完，用手轻轻一拂，鼓着腮帮吹两下。想到再过一晚他就能用上一本全新的字典——而且是一本带着荣耀的字典，他的心里就洋溢了满满的阳光。到时候，他会使出浑身解数，给他的字典写上名字、包上书皮、粘上贴画。

天越来越冷，风呼呼地吹着。

萨里的脸、手、脚踝，都被湿润冰冷的空气冻得又青又紫。他裹紧身上的衣物，把体内温暖的气吹进掌心。灯光照射在纸页上，让他感到有些眩晕，有些昏沉，他在路灯下一摇一摇地打起盹来……

清晨醒来，萨里感到脑袋像块生铁一样沉，全身上下没有一点儿力气，他动弹不得。喉咙和口腔干涩难挨，如同一口烧干的锅。他试图挣扎着爬起来，却使不上劲。妈妈把手放在他的额头上，探了探体温，说："发烧了，火炉一样。"

妈妈上街把医生请来，给他打了一针药剂，又给他买了两个鲜肉香葱包子。那是他平日里吃得恨不得把舌头也给吞下去的美食，可今天他连闻一闻的兴致也没有。他想张嘴说话，显得格外艰难。一整天，他都在昏昏沉沉中痛苦地醒来，过不了多久，又痛苦地昏昏睡去。和清醒时相比，昏睡可以免去不少煎熬。他也尽量迫使自己进入睡眠。

夜里，他不断重复着同一个梦：在一片山花烂漫的坡上，一只大红色的蝴蝶翕动着翅膀，在他眼前慢悠悠地飞过来飞过去，刻意招惹、引诱着他。他跟跟跄跄地追上去，蝴蝶扇动着翅膀飞了起来；他停下脚步，眼巴巴望着它飞走，蝴蝶又停落下来，仿佛在等着他追上去；他奔过去捕捉，蝴蝶再次从他的手底下溜走，翩翩飞舞……这只蝴蝶比鸽子大，比雏鸡小，拥有着红色的翅膀，纸页叠成的身子，左侧的红翅膀上有四个由黄色花纹组成的大字——新华字典。它就这样，在他眼前的蓝天白云下飞呀飞，飞呀飞……

醒来的时候，还未等萨里完全睁开双眼，灿烂的阳光已经夺眶映入眼帘。透过玻璃窗，他能看到蓝蓝的天，白白的云。他头脑清醒，浑身清爽。他意识到，他错过了知识竞赛，再次眼睁睁地看着那只红色蝴蝶翕动着翅膀远远地飞走了，且不会再驻足等他靠近。耳边闯入说话声。是爸爸妈妈的声音。——爸爸回来了！他正在和妈妈商量着重新回到街上开铺子的事。萨里腹中饥饿，想起来吃点什么，偏过脑袋，看到离枕头不远的桌面上安安静静地躺着一本《新华字典》。

红红的封面，白白的身子，像初春时节刚冒出头来的嫩叶，散发着一圈圈光晕。就连那一层包裹在封面上的薄膜上，也找不到一粒尘埃、一丝皱褶。

守夜

# 1

在聪聪的记忆里，每年十一月要过彝族年的时候，都会起雾，从来没有一次例外。那几天的雾和往常不太一样，又稀又薄，白纱一样轻盈地浮在半空中，阳光穿透那雾，成了细腻的粉末，飘飘洒洒沉落下来，让空气变得金黄。听父辈们讲，祖灵会在彝历新年那几天驾着云，赶回来团聚，恐途中有小鬼或天神拦路，耽误行程，错过团聚的好日子，遂将冬阳点化成薄雾，既可悄悄赶路，又没有遮去儿孙们的阳光，一举两得。

过年主要是三天。第一天叫"库诗"，也就是新年，杀猪祭祖、守夜。第二天是"首月"，家家户户灌香肠、腌腊肉。第三天叫"阿普轨致"，要在雄鸡报晓前送走祖灵。人们也在这一天出门拜年。家里的年猪，每年都由爸爸操刀，大哥打下手，聪聪什么也不用管，但今年情况有变。爸爸在三千多公里外务工，电话里说过，正在往回赶；大哥三个月前刚去省城上大学，路途遥远，学校又没有彝族年假，索性就不回来了。家里就剩外公和聪聪两个男儿，外公过完年就七十三了，这担子就得聪聪挑起来。

金色的柔光从窗框里飘洒进来，填充满整个厢房，聪聪还在睡梦里断断续续地做梦，哗哗哗的声音让他醒来。他知道那是妈妈和妹妹芝芝背水回来，将水从背上，瀑布那样泻下来落入大锅中的声音。那口大锅就支在院中，离聪聪的厢房很近。锅下的松木干柴毕毕剥剥，燃烧得十分热烈，仿佛在回报聪聪劈它们时付出的辛劳。聪聪手掌上磨出的水泡，还像几枚奖章一样"佩戴"着。他把劈好的柴整整齐齐码在院中央，得到了妈妈的褒奖、邻居叔叔阿姨们的夸赞和外公的肯定。

太阳又往上攀升了一截，大锅中袅袅地升起白气，长了脚似的水珠从锅底蹿出水面。水就要开了，唰唰闷响。偶尔有一两声猪叫从远处传来，聪聪有了一种正独自行走在寒冷的旷野里的错觉，总有一两个僵呆呆的冷战愣头愣脑地冒出头来。今天可是个大日子，聪聪要干一件大人干的事！

帮忙逮年猪的乡邻来到院里，得请他们抽烟，聪聪支派妹妹芝芝到商店买一盒烟回来，芝芝嘟嘴说："凭什么让我去，你自己怎么不去！"

"我要杀猪！"聪聪梗着脖子。他今天不用担心妈妈和外公袒护芝芝。

"妈——，你看聪聪，他让我去买烟！"芝芝把"妈"拖得长长的，"他让我一个女孩子去买烟，多尴尬呀！"

"去吧，芝芝。"妈妈洗刷着汤钵马勺，"今天过年，都知道你买烟回来是请帮忙逮猪的叔叔和哥哥们抽的，不尴尬。"

"妈妈说话不算数。妈妈原来说女孩子买烟很尴尬。"

"悄悄给你爸买烟才尴尬，过年了给家里买，那是乖呢。"

"哼，妈妈总是有理！"

芝芝和聪聪私下达成协议，芝芝去买烟，作为酬劳，聪聪要支付芝芝一块钱。吉力嬷寡妇的绿皮商店就在院子对面不远处。不一会儿，芝芝就把烟买回来了。聪聪一摸口袋，才想起昨晚买打火机，把最后一块钱使掉了，他只得找芝芝商量："先欠着，晚点给你，行不？"

芝芝不同意。聪聪把身上的兜翻了个遍："真没了，不信你搜，搜到全是你的。"

芝芝不去搜，哭丧着脸咒他："骗子！祝你的作业怎么做也做不完，被老师罚站两节课！祝你……中考落榜！"

聪聪告诉妹妹，等爸爸到家，一定会给他们零花钱，到时就奉还上，多还几块都行。芝芝气呼呼的，再也不搭理他。

猪的嘶叫声落到隔壁院里。一帮男人的谈笑声伴着脚步声，杂杂沓沓，涌进聪聪家院门。八九个人，七手八脚，很快完事。聪聪学着往年爸爸的模样，捏出一把烟，一人呈上一支。做着大人的事，跟大人打着交道，心里有些忐忑，有些激动，恍然觉得今天的自己，怎么看也不像以往。

烫猪毛是个需要付出大量体力的精细活，烫老烫熟的情况时有出现，毛刮不掉，留一撮在上面，很是扎眼，就像长在聪聪的心头。他动手去拔，那毛扎得极深，又滑溜，始终拔不下来。妈妈说，别管那些了，难免的，一会儿用火一燎，全干净了。聪聪应承着，却还是忍不住要拿起刮刀去刮，一刮又是半天。芝芝捧着橘子，在一旁聒噪："那里，还有那里。眼窝里有毛，膀子上脱皮了……"

聪聪埋头苦干，汗如雨下，脑袋有些发蒙。妈妈说："芝芝，闭上嘴吃你的橘子。"

芝芝笑出一阵银铃声："闭了嘴，还怎么吃橘子？"

"你呀你，不要影响你二哥刮猪毛。"

"谁让他老是刮破皮？"芝芝不服气，"爸爸都没刮破皮！"

"乱说。"妈妈说，"你爸第一次刮猪毛，未必有我们聪聪刮得好！"

"反……反正，我的猪尾巴，不能有毛，也不能刮破皮。"

外公捧着一把干草，慢悠悠地踩着甬路进院。他把草捧到牛栏边喂牛。外公养牛是一把能手。最多的时候，家里有八十多只羊、十来头牛。那可是家里一笔比重挺大的收入。自"退耕还林""封山育林"以来，外公放牛放羊，得跑很远很远的地方。加上外公一年比一年老，现在家里已经只剩二十几只羊、三头耕牛了。家里断了这个经济来源，好比一个人断了一条臂膀，要不是爸爸一年四季在外务工，别说住得起这结实的砖瓦房，就是砸锅卖铁，想要在供三个孩子读书的情况下，还有这么肥壮的猪过年，显然是异想天开。

妈妈提声说："爸，大过年的，您就安心歇着吧，别劳累了！"

有些耳背的外公稍稍停住手中的活，侧耳倾听，似乎明白了，同样大声说："不要紧的，人要过年，牛羊也要过年哪！"

芝芝走到牛栏旁，给外公掰下两瓣橘子："外公，我请您吃橘子。"

"外公怕酸，芝芝吃。"

芝芝却不离去："外公，聪聪是个大骗子！"

芝芝的话清亮，像鸟儿在鸣唱，外公一听就明白："他骗你啦？告诉外公，外公饶不了他。"

"他让我去买烟，答应给我一块钱，买回来他却说没钱，分明是赖账！"

"他怎么可以这样？要言而有信嘛！"外公眯着眼，"不过，兴许他是真没钱了呢，料他有一百个胆，也不敢骗芝芝呀。"

外公在腰带里摸索半天，摸出几块零钱："没关系，他没有，外公有，拿去买糖吃。"

芝芝巴望着外公手里的钱，回过头来看了看妈妈。妈妈斜眼瞪着这边，嘴角挂着不容侵犯的微笑。芝芝把外公的手往回推："我不要外公的钱，我只要他给我的，那才是我的劳动报酬。"

芝芝怏怏地回到妈妈身边，似乎在等待什么。见妈妈依旧一心帮聪聪舀开水烫猪毛，她拖长声音喊："妈——，我没要外公的钱。"

妈妈幡然醒悟："噢，噢噢，芝芝懂事了，芝芝真乖！"

喂好牛羊，外公坐到墙根下，吧嗒吧嗒抽着一袋烟。冬阳洒在他身上，钻入他的披毡，让他暖和得就像在烤一堆火苗蹿得极高的篝火。青烟包围着他，朝四面伸张，犹如一棵大树的繁茂枝叶。

枯干的野蕨在院中噼噼啪啪地燃烧，火光冲天，散发出某种草药的清香。年猪在火舌的撩拨中，开始变得金黄金黄的。

# 2

从清晨开始，一家人就在等待手机响起，可手机一直很安静。今天至少应该有两个电话会打进来。一个是爸爸的，一个是大哥的。爸爸走得太远，要过年了，打算请假还乡，却不太顺利——也是，人人都知道，"过年"是正月初一，另一个名称叫春节，却少有人知道，在中国还有十一月过年的。遇到见多识广、为人和善的老板，回家过年非但没有太大的阻碍，有时还会得到一些方便，但也免不了阻力重重，让他们心力交瘁的时候。

家里的手机电池老化，不胜电力，需要长时连接着电源，一直搁放在柜子里。它很安静，就像一个恬静熟睡的婴儿。妈妈沉默着哗哗地舀水，不一会儿，开始自己跟自己说话："大过年的，不见人影不说，也不打个电话回来报报平安什么的。还有你们哥，这都下午了，还没有动静，莫不是跑出去玩了？城里车子那么多，可不敢乱跑……"

"说了他们不放假，那就是还在上课。"聪聪说。

"哎，你说，上大学了，学习反而更紧了？"妈妈有些不解，"大过年的，高中、初中、小学都放假了，就他们大学不放？"

"不是学习紧，是省里的学校，跟州内不一样，不知道咱今天要过年，也顾不上……"

妈妈似乎明白了什么，没再说话。垫上年前外公用竹篾编制的竹席，聪聪将猪开膛破肚，把猪胆、胰、尿泡一一摘下，递给在一旁等候的外公。外公仔细检查胰，喜上眉梢，点着头说：呀呀……不错不错，好胰，好胰，来年定当全家安泰，无病无灾。放下胰，他又提起尿泡、胆，眉头却皱了下去：胆和泡不够饱满，色泽也不够鲜艳。缓了缓神，又说："没事，挺好的，来年还会是五谷丰登、六畜兴旺的一年。不要紧，不要紧……"

"胰不好，为什么就不五谷丰登了呢？"芝芝眨眼问。

外公说："乖外孙女，咱就看好胰，不管那坏胰，好不好？"

芝芝红着脸点头说好。费了不少劲，聪聪才把猪四肢卸下，发现猪腿长短不一，参差不齐。没人取笑他，自己却感到脸上热辣辣的。聪聪埋下头继续忙碌，开始有些走神，脑海里断断续续地浮现去年爸爸回来过年的场景。

去年爸爸扛了一个大包，头上落满灰尘，像刚从磨坊里走出来的人。远远地，一家人看见他站在对面吉力嬷寡妇的商店门口，请众人抽烟、喝酒、吃糖。来到院中，他"唔——"一声拉开大包拉链，满满当当，全是年货。有牛轧糖、脐橙、甘蔗、花生、瓜子；还有精致漂亮的马勺、高脚酒杯。给芝芝带了头绳、牛仔裤，给外公带了军棉帽、保暖内衣，也给大哥、聪聪和妈妈带了穿的用的。爸爸举着大哥在州民族中学的月考成绩单，乐呵呵地说："行啊，考得不错，好样的，继续加油！"

县境内只有一所高中，几十年来，没有培养出一个本科生，要想考上好一点的大学，就得像大哥那样，考入市里的州民族中学。大哥在镇上读初中那会儿，全县三所初中，每年都会有二十个考生被州民中录取。这两年，聪聪上了中学，情况却大不一样了。镇上有经验、有责任心、有威信的老教师不断调离、退休，不断有刚参加工作的教师和支教的年轻教师进来，镇上能考入州民中的学生一年比一年少。前年全县就录取了六个，到了去年，已经只剩四个。也不知是州民中提高了录取标准，还是镇中学的教学质量在急剧退步。

期中考试，聪聪正好考了年级第三。他把成绩单带回来，想让大哥把把关，让爸爸过过目，可他们都没有回家。聪聪不知道以自己目前的成绩到底有多少希望考上，心中忐忑，迷迷糊糊沉睡着，时不时会醒过来，搅扰他一番。即使在这样的日子里也无可避免。还有短短的六七个月，就怕拼尽全力，还是名落孙山。没人一起分担，聪聪这忧虑就被无限放大，天空一样罩了下来。

聪聪将砍刀支在猪脊椎骨上，抡一根棒槌，一下一下，沉猛地敲下去。砍刀在猪脊椎上破骨划行。

他继续回忆。

去年的今天，芝芝嚼着一块牛轧糖，不远不近地坐在一旁的板凳上，噘嘴说："爸爸，我考了两个一百分，可我的试卷落在镇上了。全是因为聪聪，我替他洗了一件T恤，他答应给我劳务费，却一直拖着不给我，气到我了，我就忘了……"

从去年开始，妹妹芝芝就这样，总想着从家人手中挣一两块钱。聪聪起初以为她只是嘴馋，想用来买零食，可一次也没有发现她用那钱来买零食。芝芝似乎在偷偷攒钱。一个小女孩，攒钱干什么呢？聪聪猜不出，这是他心中小小的疑团。

当地没小学，临乡洛鸠有，但教学质量不太过关，芝芝入学那会儿，家里打算让她到镇上就读。镇上新生太多，削尖脑袋也挤不进去。芝芝在乡里等了足足两年，待聪聪读小学时的班主任新接了个班，才总算把芝芝送进去。好在芝芝没落后太多，很快就追上了镇上的同学。

爸爸仔细摘去芝芝唇边的糖果碎屑，柔声细语地问："闺女一直很棒！哥哥答应要给你多少'劳务费'呢？"

芝芝正好又是一年没见爸爸，上一次见爸爸同样是前一年过年。面对爸爸，她莫名感到有些慌张，有些羞赧，她垂下额前的刘海，说："一块。"

"想用来买威化饼干吗？"芝芝最爱吃的零食是威化饼干。

芝芝摇头："不买威化饼干。"

"那买什么呢？"

"不买什么。"芝芝还是摇头。

"走吧，闺女，爸爸这就带你去商店，你想要什么，只管拿。"

爸爸拉起芝芝的手，朝院门外走去。

妈妈并不阻拦，倒仿佛沉浸在某种幸福当中，过后却在背后装模作样地嗔怪："家里这么多零食还不够你们父女俩吃，这天底下，就数你们父女的钱花不完啦！"

爸爸在院门外扭过头来，朝妈妈灿烂地一笑："咱芝芝这么乖，还考了两个一百分，奖励能少吗？"

爸爸这一笑，如秋阳落到人身上，让妈妈心里更有底了：看来今年的工钱没有被老板拖欠。

不一会儿，芝芝手捧一盒威化饼干，一边吃，一边兔子似的蹦跳着回来。看到聪聪，她得意扬扬地朝他晃了晃威化饼干："看看，这是什么？想吃吗？"

去年大哥还在州内读高三，过年三天都在家。芝芝分一块威化饼干给大哥，大哥不要，她硬要大哥接，不接她就不高兴，却不给聪聪。聪聪知道妹妹的心思，配合着说："也赏二哥一块威化饼干，好不好？"芝芝哼的一声把头仰到天上去了，将威化饼干咬得咔咔响。

妈妈在一旁探出脑袋，朝门外张望："你爸呢？"

"我爸在商店门口，萨拉叔他们拉着他说话呢。吉力嬷有事要跟他说。"

"什么事？"妈妈警觉地问。

"不知道，她还没说，我就回来了。"说着瞟了聪聪一眼，透露出她是特意回来向聪聪炫耀威化饼干的。

妈妈意味深长地自言自语："会是什么事呢？她能有什么事……"

隔了一会儿，妈妈说："你爸怎么还不回来？"

不一会儿，又说："你爸怎么还不回来？"

大哥说："可能喝上了，就让他喝吧，大过年的。"

"倒也不担心他喝酒……"

妈妈借着到院门口取东西，朝对面吉力嬷寡妇的商店张望。又踱到院墙边，踩着柴垛，伸长脖子，像只大鸟一样朝院外打探，干巴巴地大声咳嗽。回到屋内，她又如芒在背，一会儿坐下，一会儿站起来。

大哥说："要不……我去看看吧。"

"不用，不用，你昨天刚坐车到家，好好歇着。"妈妈说，"芝芝，好闺女，你去买罐香辣酱回来……"

"还有！在柜里！"芝芝指着碗柜叫嚷起来，"香辣酱还有！"

"让你去你就去，哪那么多话！"

"噢——"芝芝嘟着嘴，摊开双手，"拿钱。"

妈妈从呢帽底下取出一卷零钱，抽出五元，放到芝芝手上。芝芝却不挪步，摇摇头："不够。"

"一罐香辣酱就是五元呀。"

芝芝张开手掌："还差五……五毛……跑……跑路费。"

妈妈收回递出去的手："芝芝，你再这样，我以后可不给你洗头了啊。一个小孩子，在家吃饭，在家穿衣，要钱干什么。"

"是你自己非要给我洗的！"芝芝争辩，"我都这么大了，还要别人洗头，害臊不害臊？同学知道了会笑掉大牙的。"

妈妈一时哑口。放在平常，她是断不能答应的，那天却换了个人似的，又大方地抽出五毛钱交到芝芝手中，并叮嘱，不要乱花，要用来买铅笔、橡皮擦等学习用品。芝芝蹦跳着出门而去。很快，她就把香辣酱捧回来了。妈妈看都没看一眼，问道："你爸他们在干什么？"

"聊天呗，之前不是跟你说过了嘛。"

"嗯……知道，他们在说些什么呢？"

"不知道嘛。"芝芝说。

"怎么什么都不知道？白跑一趟了！"

"你让我去买香辣酱，又没让我去听他们说什么。"芝芝一脸无辜。

妈妈无奈地点着芝芝："你呀，你呀。"

芝芝把脸憋得通红："那我再回去听嘛。"

"吃你的饼干吧！"

这时，带些酒气的爸爸踏门进来了。他好像看出了芝芝来买香辣酱的用意，笑嘻嘻地对她们母女说："什么吃饼干不吃饼干的？嗯？"

妈妈不说话。爸爸还在等待回复，妈妈却一副誓不回答的样子。大哥和聪聪正想开口解围，芝芝说："爸，你们都在说些什么呀？"

爸爸似乎全明白了，看一眼妈妈，收起那张"不正经"的脸，说："我当什么事呢，原来是这个。就那吉力嫫，想让她那俩孩子到镇里上一年级，镇上上学的小孩太多啦，挤不进去，想让我帮忙介绍介绍。镇上的拖木老师，就原来咱家老大那班主任，我认识嘛，说得上话，他家那口子正好把原来的班送到四年级，又该下来带一年级了。吉力嫫热情得很哪，非要请大伙儿喝两口。"

"热情？"妈妈鼻孔里哼了一下，搅动锅里的肉，"喝了酒，这事就套牢了，万一没办成，你倒落下个不是。"

"嗨，妇女人家，孤儿寡母的，让人家放心不也挺好？"爸爸来到火塘边，把两只手分别搭在老大和老二肩上，借力坐下来，"不就这点小事嘛。"

"哟，还嫌这事小了。"妈妈把铁勺搅在锅里，弄出响声，"怎么不去帮点大事呢？看看还缺点什么，还需要点什么，——

又没人拽着你。”

爸爸被一口呛住，缓过神来，知道眼下不是说话的时候，无论说什么都会漏洞百出，还是识时务者为俊杰，保持沉默稳妥些。

屋里陷入了静寂。就跟今天，就跟此刻一样，只是并不像今天这般冷清。

# 3

外公从火塘里拾起一根正在燃烧的柴火，点燃烟锅，任隐隐的不安在苍老的心底游弋。

妈妈用火钳拨弄火塘里毕剥作响的柴火，火星阵阵飞蹿。火光映照着老少三代人的轮廓，明了，又暗了。柴火吐出红色的汁，蝉鸣般吱吱地叫。他们一家四口，似乎都在心照不宣地等待着什么。即使他们心里清楚，院门外不会有爸爸和大哥的身影出现，即使他们知道，今年的年夜里，不会有爸爸和大哥的声音响起，他们还是要等待，还是要期盼。今天是一年一度的新年，团圆日，祖宗们不远千里赶回来团聚，就差俩人。他们愿意让这样的等待无休无止地进行下去。

火苗在火塘里呼啦呼啦地跳起舞，汤水咕噜咕噜，响起伴奏。时不时有肉汤潜入火塘，刺啦作响。柜子里的手机骤然响起，老少四人同时舒了一口气。芝芝率先奔过去，拉开柜子：

"是大哥，是大哥！"

"快接，快接呀！"妈妈催促。

芝芝将手机按了免提。手机那头，大哥在问，年猪都宰完了吧，吃上年饭没有，没有他帮忙，爸爸和聪聪是不是累坏了。芝芝告诉他，爸爸还没到家，是"他"宰的年猪。大哥意味深长地"噢"了一声，告诉大家，在学校里，同胞们也聚在一起办了个年会，他刚打完篮球回到宿舍。妈妈在一旁提声说："你一个人在那么远的地方，苦了你了！"

外公茫然四顾："谁呀？"

聪聪告诉外公："是大哥，大哥打电话回来了！"

外公诧异地盯着聪聪："你哥？他回来啦？在哪呢？"

"人没回来，就是打电话回来了，正在跟他通话呢。"

"噢——，人没回来，就是声音回来了。"外公看了一眼芝芝手里的手机，不住地点头。

妈妈的话暂时说完，芝芝见缝插针："大哥，告诉你，聪聪是个大骗子，他今天又骗了我！"

妈妈责备地看了聪聪一眼，低声制止："芝芝。"

"就一句话，不会扣话费的。"芝芝回应妈妈，又抢嘴对手机里说，"他让我去买烟回来，要给我一块钱，结果我一分钱也没拿到，我……我再也不想搭理这个骗子了。"

外公说："告诉你哥，今年的胰、泡、胆都很好，让他不用担心来年，来年还会是五谷丰登、六畜兴旺的一年。"

挂了电话，手机又"叮咚"一声，芝芝的手指在手机按键上跳跃，她把手机拿到妈妈面前："看，大哥的相片！"

妈妈的手慌慌张张地在衣服上抓了又捏，试图尽快把手弄干净些。她小心接过手机，微微抬起脸，把目光聚焦在手机屏幕上。照片上，大哥穿红色球衣，仰着脸，清清楚楚地呈现在妈妈面前。阳光明媚地洒在他的身上、脸上，隔着手机屏幕，都能感受到那温度。妈妈的眼眶要湿了。她去过省城，坐火车，站起来坐下，坐下去又站起来，还是没有走完半程。那个地方到处都是高楼大厦，人群来来往往，羊群似的，让人眼花缭乱，心惊肉跳，总之，真不是个人生活的地方。

本该轮到聪聪看，芝芝却把手机拿到外公面前，偏要给外公看，还故意挡在聪聪和外公之间，不给聪聪留下窥望的间隙。她回过头来，朝聪聪挑衅地撇撇嘴。外公见母女俩都举着这个名叫"手机"的东西看，也接过去端详。捧着端详了半天，朦朦胧胧，如月下观花，只好发问："好像是个人呐，谁呀？你大哥吗？"

"是啊，就是您大外孙。"妈妈走到外公旁，指着手机屏幕，"您看这里，这是脸，这是身子，这是他比的手。看得清吗？"

外公端起手机，颤巍巍地站起来，走到门口明亮的地方，借着亮光，仔细地端详起来。但似乎更加看不清了，张着嘴，一直在调整方向，想要让屋外的亮光更加充分地曝在手机屏幕上。芝芝在一旁咯咯咯地偷笑起来："到亮的地方就更看不清啦，要到阴暗的地方去看。"

妈妈只顾给外公指大哥，让外公努力去拼凑这模糊的碎片，他们都没听芝芝的提醒，或者听见了，只是觉得芝芝在跟他们开玩笑——哪有到阴暗的地方更能看清东西的道理？荒唐。芝芝索性用头顶牛那样顶着外公，硬把他往屋里阴暗的地方引。妈妈说："闺女，别推外公，小心让他跌跤。"

"哼！"芝芝做出一副气哼哼的模样，"谁让你们把我的话当耳边风呢！"

"闺女说什么了？"

"我都说了，亮的地方更看不见，是你们自己不听的——不听老人言，吃亏在眼前。"

"哟哟，这位小奶奶，那该到哪里去看呢？"

"自然……自然是阴暗的地方了。"

芝芝踮起脚，从外公手里取回手机，把手机屏幕亮度调到最亮，再把手机还到外公手里。外公低头一看，似乎看清了，眼里露出惊喜。他说："看到了，看到了，是大外孙。"看完手机相片，他回过头来，连连咋舌，朝妈妈说，"现在的娃娃，不得了哇，什么都会……"

"是啊，时代不一样啦。"妈妈有些自豪。

屋里早已飘满熟肉与米饭的香气。该吃年饭了，但他们就让这香味继续飘着，迟迟不揭锅。还不知道爸爸现在在哪里，究竟是个什么情况。自从昨晚通了一次电话，他的手机就一直没能打通，不是处于关机状态，就是占线。

太阳快要落山了，不能再让火舌继续这么在锅底来来回回舔舐下去。

妈妈打算让芝芝到隔壁，把"五保户"阿雷老人请到家里入席，却怕芝芝太小，显得诚意不够。让聪聪去请倒是合适，可这孩子收拾了那么大一头年猪，已经够疲乏了，就让他歇着吧，索性亲自前去邀请。她一跨出门槛，芝芝就像条尾巴一样跟了出来。夕阳余晖洒向大地，让母女俩感到舒适无比。妈妈跟芝芝开起了玩笑："闺女，这是你自己要跟着我的，我可给不起'跑路费'的哟。"

芝芝小脸潮红，说："谁向您要钱啦，又没说要收跑路费。"

"可你跟了我，就得给我钱呢。"妈妈继续拿她开玩笑，"这叫什么来着……噢，对对，带……带路费嘛。"

芝芝有些手足无措，但她很快缓了过来，做出一副镇定模样，说："我……我，我跟着你，那是理所应当的，不该收费，不该收费。"

"为什么到你身上，就变成理所应当了呢？"

"谁让您是妈妈呢，妈妈——妈妈是白当的呀！"

妈妈扑哧一下笑了，不再为难芝芝。绕过院墙，到了阿雷老人院前。一生未娶的阿雷老人正坐在门口吧嗒吧嗒地抽烟，皱褶像树根、枯藤一样盘踞在他身上，只留下一对明亮的眼眸。得知芝芝妈和芝芝的来意，他进屋换了鞋，和她们一同出门。到聪聪家做客，是阿雷老人习以为常的事，有时只需在院里叫上一嗓子，他就会过来。

半路上遇到比曲大叔和吉力嬷寡妇，他们双双前来邀请阿雷老人入宴，见芝芝她们母女俩已经捷足先登，便说："哟呵，还是芝芝腿脚利落嘛，又抢先一步。"

芝芝笑着藏起脸来。妈妈说："日子长着呢，哪里分一时之快慢，有的是机会，有的是机会。"

　　吉力嬷寡妇没再说什么，比曲大叔却不干了："芝芝妈，无论如何，一定要让我把阿雷老人请回去。你们家好歹还有芝芝外公坐镇，哪像我们家，都跑出去打工了，现在还在赶回来的路上，就我们老两口。家里再没个年长的坐着，这年，就没办法过了嘛。"

　　妈妈抵挡不住比曲大叔的盛情，只好让他把阿雷老人接走。去年比曲大叔也是以同样的理由，同样的方式，把阿雷老人"抢"走的。去年吉力嬷寡妇还在背后撇嘴说："谈什么家里有没有老人呀，还不是为了省那几坨肉。"

　　妈妈知道她的意思。作为邻居，若不把阿雷老人请到家里入宴，饭后免不了要送一些去，这一送，盛肉装饭的碗碟一不能小，二不能空；但若请到家中，一个老人，吃不了两坨肉。这话是在说比曲大叔，可也影射了聪聪一家人的殷勤。大过年的，又了解吉力嬷寡妇的心性，妈妈也不动气，只是解释："请老人到家里吃，是为了能让他和大伙一起热闹，感受节日的气氛，一个人孤零零的，清灰冷灶，吃多少肉，又怎能像个过年的日子呢。"

　　"哎哟，瞧我这张嘴，说话说不到点，还管不住。"吉力嬷寡妇忙说，"你们家隔三岔五请阿雷老人去吃饭，不差那几坨肉。就是那比曲大叔，跟别人不一样，到哪儿都想着讨点便宜，才给我造成这样的看法。误会误会，芝芝妈，千万别挑我。"

　　人倒也坦诚，不像那说话撂一半，藏着掖着卖弄聪明的人。而且，寡妇确实也不容易，年纪轻轻，活生生出去打工的丈夫，回来就一把骨灰。这些年，一双手拉扯俩孩子。

妈妈说："哪里话，诗伍妈，乡里乡亲的，都是想到什么说什么，谁也不挑谁。"

回到家中，坐在大哥和聪聪中间的爸爸问怎么没请到阿雷老人，妈妈连看都没看他一眼。爸爸只好转而问芝芝，芝芝如实禀报。爸爸爽朗一笑："嗨，就那嘴碎的婆娘，咱又不是不了解，想到什么，从来不加考虑，说了发现不妥，又赶紧往回圆，结果越描越黑，弄得自己里外不是人。但人是不坏的，就是不会说话，咱了解她——不，不是，大伙都了解她——我，我，我是说啊，知道她没有恶意……"

爸爸说话像坐过山车，险象环生，只好赶紧住了嘴，擦擦汗，偷瞄妈妈的脸色，就跟聪聪小时候做了错事时一样。妈妈严肃的脸似乎也快崩不住了，含苞待放般的笑隐隐浮现："接着说呀，怎么哑巴了？"

"不不不。"爸爸的脑袋像拨浪鼓一样摇着，"沉默是金，沉默是金。"

妈妈扑哧一笑，再吩咐什么，爸爸应承得比任何人都要快。


# 4


爸爸在的时候，祭祖词由他作，聪聪还小，今年只得由外公代劳。吃年饭时，妈妈在旁边摆两个凳子，放两只没人使用的马勺，说那是大哥和爸爸的，不能把他们漏掉。外公的牙差不多掉光了，咀嚼食物很困难。妈妈用酸菜肉汤给他泡了饭，又把熟肉切碎，让他慢慢嚼。聪聪随便吃了小小的两坨瘦肉，就退到了一旁。不是今年的肉没有往年香，而是他把劲都使在了收拾年猪上，早已疲乏，有些昏昏欲睡，败光了胃口。但今天是新年，一会儿还要守夜，爸爸和大哥又没在家，不能让外公、妈妈和芝芝再失望，才一直强打着精神。

天黑透了，爸爸人没到家不说，就连个电话也没有打回来。

一家四口围坐在火塘边，开始守夜。守夜也叫陪祖，是一家人围坐在火塘边，说说笑笑，陪伴祖先的夜晚。老人回忆往昔，谈论今朝，讲述长辈们的智勇故事，传授晚辈们生活经验和处世道德；小孩静心倾听，洗涤心灵，展望未来。往年，聪聪家主要由外公和爸爸讲，其他人倾听；妈妈偶尔也插一段。今年，爸爸没能赶回来守夜，就只有外公一个人讲了。

外公每年讲的背景都相差不大，故事却不尽一样。他讲旧社会的日子，讲得有板有眼。外公壮年时，爸爸妈妈正值少年，他们谈论的历史事件，往往令家里的倾听者身临其境。

外公衔铜嘴烟杆，慢悠悠地讲："修那盘山公路的时候，还闹过一个不大不小的笑话。刚开始，大伙只知道那是'车子'走的路，却不知'车子'是个什么东西。等路修通了，呜呜呜地开来一辆汽车，身躯庞大，瞪一对汤钵大的眼珠子，嘴里、鼻孔里，气哼哼地冒滚滚的烟子。有个白发苍苍的老者取了一把镰刀，弯腰驼背，上山割了一筐草料回来，说是要喂车子吃。有人就说，车子不吃草。我暗自高兴，心想，还好，还好，要不然，这么个庞然大物，整座山也不够它吃，往后牛羊们吃什么呢？这时，那人又补充道，车子吃油。吃油？哎哟，吃草都供养不住，吃油还怎么得了？那岂不更要命。那个年代，油可是稀罕物，一年到头见不着两回，哪像现在，顿顿有油。最后才知道，车子不是要吃炒菜用的那个油，而是要加一种叫'汽油'的油……"

话音未落，手机像个睡醒的顽童，在柜子里又蹦又嚷。是爸爸打来的。家里响起了他的声音，守夜，也就有了他的声音和影子。

爸爸说，他收拾好要走，却一直被困在火车站——票全被抢光了，一直到两三天后才有票。他就守在火车站，来来回回，都快要把售票窗口的地板踩烂了，不断把出发时间往后推，不断期盼会有退回来的票有幸落到他手里。手机每充一次电，不到半小时又要见红，索性就不管了，一心守票，先把票买到手再说。到了晚上，刚准备打电话告诉他们，今年过年怕是回不去了，大哥的电话就打进来了。还是年轻人厉害，还是读书人跟得上时代啊——大哥只花了不到二十分钟，就在学校寝室里给他抢了一张票。"隔这么老远，还在寝室里，你说他是怎么买到的呢？又没长翅膀飞来飞去，有翅膀也飞不了这么快，能飞这么快赶得过来也没用啊，我都在这边守着的。我开始还以为他在跟我开玩笑——说是用手机订的，没想到是真的，哎呀，可把我高兴坏了，差点忘了自己在售票大厅，像山羊一样跳了起来。手机还能买票？叫什么……网，网上，银行，什么支，支付的，让人听不懂，反正啊，假请到了，票到手了，人也上了火车，现在，就算是老天爷也无法拽我下火车啦。高兴呐，专门去充了一百块钱的话费，打算用来和你们一起守夜。老祖宗们千里迢迢赶回来团聚，可不能冷落了他们。怎么样，你们现在都是什么个状况呢，来，先给我讲一讲……"

"拉曲啊，你回来就好，人到不了，声音到了也不错。今年的年猪，胰、泡、胆都很好，不用担心来年啊，你就安安心心的，来年还是五谷丰登、六畜兴旺的一年。"外公抻着脖子，大声对手机说。

爸爸告诉外公，走出这大山，还有着另一个世界。那个世界里，不单有汽车、摩托车，还有火车、飞机、游艇、渡轮……

外公问："什么是火车？"

爸爸说："火车，就是有三四十辆大巴车那么长的大巴车。"

"那么长的大巴车，人是坐不满了，用它来干什么？在弯道上，又怎么拐弯？"

"拉那南来北往的人，不但坐得满，还不够坐；也拉货物。火车不在公路上跑，不用拐弯，它有专门的路，直挺挺地躺在那山间，叫作铁路……"

外公想象半天，贫瘠的想象力还是无法告诉他，那究竟是个什么样的怪物。他说："那飞机呢，飞机又是什么？"

"飞机啊，飞机就是在天上飞的小火车。"

外公空洞的眼睛里透出幽幽的迷茫，他笃定是不能信的，火车怎么还能飞上天呢？可这位老实正直的女婿似乎没有半点开玩笑的意思。再年轻一点时，他也曾听到过天上嗡嗡的轰鸣声，人们说，那是飞机在天边飞过，都仰了脸往天边寻找。有人说，看到啦，看到啦，就在那片云背后，像一只传说中的神秘大鸟，并热情而又不无得意地指引给旁人看。旁人随后也说，看到啦，看到啦，银色的，就跟白云一样。可外公却一次也没有找到。也许找到了，只是没有认出来。总之，他找来找去，把眼睛都找花了，还是不知道飞机长什么样。他相信女婿说的话。外公大声问："那你是见过那在天上跑的火车了？"

爸爸同样大声地说："是的，见过了，就像只大鸟，在我头顶上呼啦啦飞过呢。"

外公一遍又一遍地咋舌，眼睛变得明亮而有神，他喃喃地说："这年头，钢铁疙瘩还能在天空中像老鹰一样飞起来。这蓝天底下，将来可真不知要见到什么让人想破脑袋也想不到的东西……"

聪聪想插一嘴，告诉外公，物理课上学到，飞机的制造材料主要是铝合金、镁合金，但他最终没有开口。他想跟爸爸谈谈学习成绩、谈谈中考，也一直没能插上嘴。之前大哥打电话的时候，同样如此。

爸爸说："外面，只是另一个世界，听说外面的外面，还有别的世界。您老想不想来看看外面的世界呀？要是想，过完年，就和我一起出来，我带您转上一圈，将来老了，也不留遗憾。"

"一代人有一代人的生活，没什么遗憾不遗憾的。"

外公摇摇头，抿着嘴笑了。残缺的牙，天真的脸，看起来像个婴儿，只是这婴儿除了可爱，还多了份慈祥。

# 5

夜已经很深了，月亮的腿脚从窗里伸进来，和地面形成的夹角不断趋向垂直。聪聪在外公旁边摇摇晃晃地打起盹，迷迷糊糊之中，他觉得自己正在课堂上听课，爸爸和爷爷的交谈声变成了两个老师的讲课声。他们在同一堂课上同时讲两个科目，一个讲历史，另一个讲政治，或者一个讲生物，另一个讲地理，他很想认认真真地听，但就是听不清楚，也听不明白，感到非常焦虑。头上的灯也成了一轮太阳，明晃晃地照耀下来，无论他如何睁眼去注视黑板，都看不清黑板上该记下来的笔记。

他听到妈妈说："聪聪，困了就去睡吧，你爸爸也在，你就先去睡吧，今天累坏你了。"

聪聪醒了过来，知道没在课堂上，没有发生听不清看不懂的情况，他说："累倒是不累，就是昨晚睡眠质量不太好，有点缺觉。"

"那就去睡吧，快，好好睡一觉。"

"聪聪，好样的，收拾了年猪，也是个大男子汉了。去吧，好好睡一觉，什么也不用想，什么也不用担心，胰很好，泡和胆也不错，明年还会是很好的一年，没有什么可担忧的……"外公说。

"是的，这些只是图个吉利，决定不了什么。满意的时候，添点喜气，如果不满意，也不必在意。日子还得一步一步靠双手过起来。"爸爸说。

聪聪拖着沉沉的身子，耷拉着眼皮走出门。芝芝偎依在妈妈身边，眨着黑珍珠一般乌黑乌黑的眼，好像在想什么。身后传来妈妈的叹息："往几年过年，这孩子年年能吃，今年却像只小猫一样，只沾了一下嘴，肯定累坏了。"

"没什么，小伙子嘛，睡一觉，明天准把今天欠下的全给吃回来……"

那是爸爸经手机传出来的声音。从门外这么一听，有那么一种错觉，爸爸已经回来了，正在和外公、妈妈、芝芝一起围坐在火塘边，守着夜，陪伴着看不见的祖灵们。

院里的月光洁净明亮，清水一般，石子沙砾看得一清二楚，投到墙上的阴影，炭黑炭黑，显得格外整洁。聪聪推门进了厢房，灯绳也没拉，蹬掉鞋子就倒在床上。他的头刚落到枕头上，人就已经酣然入眠。虽然今年没把肚子吃得滚圆，爸爸和哥哥也没能赶回来，但对他来讲，却比往年更满足一些。他干了一件大人们干的事，不再是小孩了。

他对来年的中考忽然不再那么迷茫。一个能干大人干的事的人，没什么可迷茫的。

半梦半醒中，听见有人轻轻敲响了木门。笃笃笃。接着传来芝芝的声音："二哥，你怎么不多吃点呀？你才吃了半会儿。往年你都很能吃，比我和大哥吃得都多，今年怎么不多吃点呢？是不是我告你的状，让你不高兴啦？"

聪聪听到芝芝细小的声音就像游丝一样飘进梦来，他想回应一下，睡眠竟像个黑洞洞的深渊，他轻飘飘地往下沉，往下沉，无法挣脱出来。

"二哥，我把威化饼干带来啦，吃点饼干再睡吧，饿了你会睡不着。不要再生气，生着气睡觉会梦魇，叫不出声，哭不出来，非常难受……"

"芝芝，我没……没生气，也不饿。只是困了，你……你回屋去吧，外面冷……"聪聪的回应咿咿呀呀，吐字不清，更像是梦呓，门外的芝芝根本听不见。

"二哥……你那些同学不但有手机、MP3、MP4，还有电子词典，就你什么都没有，查个词语翻来翻去，还不能纠正发音，我就是想攒点钱，送你个电子词典。你学习比他们所有人都好，凭什么不能拥有一个跟他们一样查字词非常方便的电子词典……"

"可，可是，电子词典实在价高，而我，又太馋，总是攒不住……"

"除了要给你买电子词典，其实……我，我自己，以后也要买一样不能说出来的东西，那些比我大的姐姐都要买……只要是女生，总有一天都要买。妈妈她们不买，她们不知道，知道了也舍不得用，她们好可怜……"

"二哥，我，我不咒你中考落榜了……"

如水的月光中，芝芝嘤嘤嘤的哭泣声像一阵轻轻摇响的铃儿，没有踪迹地滴落到静寂的夜里。

洪水肆虐后

大山像一群雄壮的公牛拥挤着匍匐在地，小镇就坐落在它们的沟壑之中。这里只有一条长长的街道，全程是铺着水泥的缓坡路，路的两侧琳琅满目的店铺鳞次栉比地排开。一条河从大山的夹缝中涌出，贯穿整个小镇，向十公里以外的金沙江奔流而去。

　　春风还未到来，河水却似乎已经回暖，时有鸭子将嘴插入河中，嘎嘎嘎嘎欢叫。小女孩依作喜欢到河边玩耍。她在河里照她那像是被火燎过的新扎的小辫子，伸出小手，哗啦哗啦，撩起河水冲洗脚丫、手臂。有时，也清洗一些袜子围巾，或者红领巾什么的。

　　河水还算清澈，隐约可见河底的沙石，它们模模糊糊地卧在那里，像一颗颗怪兽下的蛋。如果不俯身去看，拉开一段距离，河水就不那么清澈了，会有倒影在河面晃动。絮状的白云浮在碧蓝的天空中，悠悠荡荡。几只鸟儿在蓝天白云下扑棱棱振动翅膀，向南飞去。阿依几乎可以看见它们淡黄色的腹部和细树根一样的脚爪，听到它们发出的清亮的鸣叫声。河上游的房屋和树木的倒影从容地投入河中，随着河水轻缓抖动，一颤一颤，虚虚实实，像哥哥他们课本上讲到的海市蜃楼。美丽，脆弱易碎，蒙着一层神秘面纱。

那是河水平静时的样貌，若它发起怒来，情况就不一样了。

那时依作他们一家人刚从寒冷的高山搬到镇上，在镇上开了一家令人艳羡的商店。那笔费用是以失去高山上的老宅和田地为代价换取的。

爸爸妈妈脾性温和，善交际，商店生意不错，尤其每逢赶集日，顾客盈门，来来往往，就跟早上快要响铃时的学校大门口一样热闹。但忽有一天，穿过小镇的河水变成了一头发怒的猛兽。那天，血红的夕阳渐渐西去，乌云聚拢而来，豆大的雨珠疯了似的从高空砸落下来，噼里啪啦，密密匝匝的水花在街道上沸腾开了。暴雨下得像一条巨大的瀑布，让人恐惧。不到一个小时，轰隆隆的声音就从山上席卷而下，伴着磐石之间相互撞击的惊雷般的巨响。人们从铺面冲出来，拥到街道上，相互搀扶着，穿过房子与房子之间的间隔，朝另一头看起来安全的山腰上躲避而去。洪水从遥远的山上轰隆轰隆一路俯冲下来，很快将小镇街道填平。

待洪水退去，小镇已面目全非。商铺尽数被掏空，同时倒塌了许多房屋。街道上多了一层齐膝高的淤泥、沙石，小轿车和摩托车被冲到河沟里，四仰八叉，浸泡在洪流之中。从镇上通行的所有客车、轿车、卡车，都被堵在小镇两头，排成了一条长龙。从县里开下来四辆推土机，夜以继日地进行清理和修复。

依作家的商店就这样没了。除了一堆空空荡荡的货架，什么也没有留下。铺子是租的，他们失去了所有家产。

河边艾地里，小伙伴们的"躲猫猫"游戏还在如常继续。进行到后面，她们怎么也找不到其中一个小伙伴，只能分头找，一边找一边喊，还是无法让这位小伙伴现身。依作站在河边反复给自己鼓气，终于用刚刚从二哥那里学来的汉语，怯生生地朝她们大声说："不（用找）啦！不（用找）啦！她（出了）……黑克尔（艾地），斯尔伍矣（进了树林），斯尔（树林）……"

小伙伴们看了她几眼，好像并没有听懂，又好像听懂了，只是谁也没打算做回应。她们不再关心那个找不出来的小伙伴，开始进入下一轮游戏。依作有些失望，在河边一块青灰色的大石头上坐下来，望着脚下的河水静默地往下淌去。

待她收回目光，把头抬起来的那一瞬间，她看见了艾丛中一窝草丛上躺着一个青白的蛋，那是个鸭蛋，很干净。不知为什么，她紧张起来了，脸颊当即变得红而烫。她蹲下身，拾起鸭蛋，还是热乎乎的。她举目张望，寻不见鸭子，也不见放鸭人的踪影。犹豫片刻，阿依把鸭蛋装进口袋，隔着一层布，捧着它，往家的方向小跑起来。胶鞋拍打在坑坑洼洼的水泥路面上，啪嗒啪嗒，响了一路。离上次妈妈给她和哥哥每人煮了一个鸡蛋已经好一段日子了。那次哥哥对她说，他不爱吃蛋黄，于是依作吃到了两份蛋黄和一份蛋白。而这是个鸭蛋，她还没有吃过鸭蛋。

依作跑回家，把头从褪了漆的绿色木门门缝里钻进去，看到妈妈正挺着个大肚子，坐在床上织毛衣，哥哥就趴在妈妈旁边埋头写作业。妈妈背对着哥哥，哥哥面朝着妈妈。哥哥似乎遇到了一道难题，皱着眉，抬起头来，把笔支在下巴上进行思考。他发现了依作。依作学着那些上学的小女孩们，对哥哥勾了勾手指头，张合着嘴无声地表达：出——来。然后率先退到门外走廊上。哥哥见她表情神秘，知道有事，但直接出去容易引起妈妈的注意，于是他先伸了伸懒腰，再拍拍后背，竟然结巴了："做……做，做得差不多了。我……去，去趟厕所。"

妈妈只是望了他一眼，没说什么。他说的厕所，是指的公共厕所。依作带着哥哥飞快地左拐右拐，终于在一个僻静的墙角边停下。她把口袋微微敞开，亮出那个宝贝。哥哥探头看了过来——眼里绽放出惊喜，小嘴很自然地慢慢张大："哇，鸡蛋！——哪来的？"

"嘘——"依作把食指竖在唇上，忽闪着眼观察了一下四周，把声音压低到只剩下气流声，"这是个鸭蛋，鸡蛋没这么大，而且它是青白色的。轻点说话，这是我从河边拾到的。"

哥哥点着头观察了一圈四下。墙后面突然有一串"咣当当"的声音传来，是钢质碗盆落到水泥地面的声音。兄妹俩同时把细小的食指竖到唇边，眼珠子骨碌碌转动起来。妹妹赶紧藏好鸭蛋，捂住口袋，把装有鸭蛋的口袋背过身去。哥哥挺了挺胸膛，清清嗓子，背上手在地上踱起步子，同时大声背：


一去二三里，

烟村四五家。

亭台六七座，

八九十枝花。

八，八……


他踱到墙拐角处，探出身子，看了一眼墙后，长长地呼出一口气："原来是只猫。"

妹妹随即也舒了一口气，转而问："鸭蛋怎么处理呢？"

哥哥挠着头说："你说怎么办？"

兄妹俩同时说："要不，煮了？"

兄妹俩一前一后分开走，故意隔着间距，各自进门，杜绝旁人对他们的秘密产生疑心。每天下午，妈妈都会出去，坐到鱼塘边，一边织毛衣，一边和附近几位妇女谈天论地。每当需要把成捆的毛线团成团，她们就会七手八脚地帮忙。可今天下午，妈妈迟迟没有动静。依作时不时地伸着脖子，透过窗户，往鱼塘那边瞭望。那边一直保持着安静，别说那几个妇女，就连一只猫也没有出现。望着望着，她突然叫嚷了起来："来啦，来啦！她们都出来啦！"

哥哥朝她摆摆手，示意她不要说话。妈妈笑着说："她们出来，怎么把你高兴成了这样？"

妹妹不知如何回答，笑着往后躲，用眼神请求妈妈不要再逼问。一旁的哥哥替她把话说圆："她……她肯定是，是想跟着妈妈一起出去玩了呗。她……作……今天的作业还没写呢。"

依作的作业是每天从"1"写到"100"，每个数写三遍。妈妈中了哥哥的小圈套，露出和善的笑容，说："阿依今天已经玩了挺长时间，该好好写作业了。"

哥哥点头应承："对……我，我，我替你监督她。"

妈妈说："就你？你有时自己都管不住自己呢。"

"我……那，那是因为……"哥哥想争辩，却梗着脖子，找不出像样的理由。

妹妹坐到床边，从杂乱的书包里翻出一本作业本，摊开在床上，埋头开始写。她仰了仰头，望着妈妈："妈妈，我好好写作业了。"

"侬作乖！好好写，等你上学了，也会像哥哥们那样，被叫到讲台上去戴红领巾的。"

兄妹俩克制着，把身子伏得低低的，一副十分认真写作业的模样。妈妈沉稳地审视着他们，不肯轻易离去。度过那短暂却显得漫长的时光，妈妈终于收拾起毛衣和针线，起身要走。妈妈的脚步刚落到走廊上，兄妹俩就开始手忙脚乱地行动起来。等待水沸腾的间隙，妹妹问："你知道鸭蛋需要煮多长时间吗？"

哥哥仰起头望着天花板，想了想，说："……应该跟煮鸡蛋差不多。五六分钟吧……我想。"

妹妹歪着脑袋："你确定？"

哥哥犹疑了一下，朝妹妹摆出个"OK"的手势。

五六分钟快要到的时候，突然有人敲门。哪！哪！哪！这手既敲在木门上，也叩到兄妹俩心中，他们成了热锅上的蚂蚁。哥哥赶紧拔了电炒锅电源，低声埋怨："不是让你放好哨吗？"妹妹语无伦次，挥舞着手说："不……不是，妈妈她们还坐在鱼塘边，不是妈妈。会，会不会……会不会是鸭蛋主人？"

妹妹红着脸，快要哭了。哥哥忙说："别慌，别慌，有哥哥在，有……哥哥在。"他挺了挺干瘪的胸膛，颤抖着稚嫩的嗓音，将声音用嘴抛向门外："……谁？"

"是我呀，儿子。我是爸爸，开门哪。"门外传来爸爸浑厚的声音。

锅中的沸水声已经慢慢平息下来，水蒸气也在空气中消失殆尽。依作伏回到床边,假装一直在写"1234567⋯⋯"。

爸爸最近在做一些小本生意,具体来说,是从山上收山货,再搭乘客车到市里卖,赚点辛苦钱。他给依作带了一件碎花连衣裙回来。依作喜欢连衣裙,尤其喜欢这件大红的连衣裙。它带着白花,像雪花飘落在红花上,依作觉得它跟花蝴蝶的翅膀一样漂亮。

穿上新裙子,依作变成了一只小鸟,长了翅膀往外飞去。她先到妈妈她们那里招摇一圈,得到一番夸赞后,又绕来绕去,来到河边,对着河水照了又照。她从头上取下发卡,把平时梳过的发型都试了个遍。那些小女孩还在做游戏,依作面朝她们,站立在河边,久久不离去。终于,她们围了上来,在她身上摸了摸,从不同角度细致审视,夸它漂亮,学着大人们的模样,夸它质量好。此刻的河水、艾地、卵石、树林、远山,包括倒映在水中的蓝天白云,在依作眼中变幻得就像梦境里的景物,散发着耀眼、迷人的光,那光芒甚至让她有些晕乎乎的。她感到脸颊有些烫。

回到家的时候,天已经黑透。依作看到哥哥把两只小手插在衣服口袋里,独自坐在走廊边,静静地望着眼前的水泥路,好像在等待什么。哥哥说:"回来了?"

依作点头,问:"你怎么一个人坐在这里?"

哥哥把手从口袋里拔出来:"你忘了咱们要吃鸭蛋的事了吧?"

依作看到哥哥手里的那个青白的鸭蛋,她把它接到手中,鸭蛋上余温尚存。她能感觉到,那淡淡的温度,不是煮蛋时留下的,而是被哥哥焐热的。她抱歉地低下了头,开始轻轻地在水泥地上磕鸭蛋，二下，三下，皮磕破了。她小心翼翼地剥下蛋壳。蛋白显露出来，在橘黄色的灯光的照耀下，散发出金色的光芒。依作把它瓣成两半，将大的那一半递给哥哥。哥哥扫了一眼，没有伸出手来接。他说："我吃另一半吧。"

依作摇摇头："哥哥吃这半。我有裙子，哥哥就一条红领巾。还让哥哥等了这么久。"

她的嘴虽然微微嘟着，可表情坚定。哥哥知道，他今天拗不过妹妹。吃鸭蛋的时候，兄妹俩发现，蛋黄没有熟透。哥哥说："看来……没煮够五分钟。"

依作说："我看了时间的，六分三十秒。五分钟煮不熟。"

哥哥低下头："好吧。我也不知道煮多长时间才会熟。怪我。"

依作赶紧说："不怪你，怪那锅跑气。而且鸭蛋比鸡蛋大一圈，要难煮一些。没事，熟没熟都是鸭蛋。"

依作第二次在河边发现鸭蛋是几天以后。这次她发现了整整十个，密匝匝挤成一圈，吓得她束手无策，跑回家把哥哥叫了过来。面对这堆鸭蛋，哥哥也愣住了。他们没敢将这十个鸭蛋取走。一连许多天，没人将它们取走，它们照样躺在那里，好像原本就属于他们兄妹俩一样。这个地方确实不显眼，前面是河流，后面是山崖，空间狭小，鲜有人来往。像一个天意，依作发现它们，仿佛是来自上天的恩赐。最终，他们把这十个鸭蛋带回去了。

趁着妈妈去鱼塘边织毛衣，她和哥哥揭开锅盖，开始第二次煮鸭蛋。他们要实验，看煮鸭蛋需要几分钟。依作说："这次煮的时间应该加长一些。"

哥哥说："那我们煮多久？十分钟吗？"

妹妹说："再长一些，十五分钟吧。"

兄妹俩坐在电炒锅旁，托着腮，静静等待锅里翻滚出咕噜咕噜的响动。声音发出来的时候，蒸气也噗噗往外冒。时间一分一秒过去，快要到十五分钟的时候，锅内的蒸气消失了，咕噜噜的声音也变成了唰唰唰的气流声。妹妹首先抽着鼻子捕捉气味："咦，什么味？"

哥哥也嗅了嗅，顿时脸色大变，尖叫起来："不好，锅煮干啦！"

"快！快快快……"

哥哥慌忙舀来一瓢水，妹妹已经把锅盖揭开。四只紧张的小脚在地面蹦跳。

他们把鸭蛋捞出来，蛋壳都烤焦了一块，黄黄的，就像爸爸和堂哥他们那被香烟熏得焦黄的中指和食指。屋内弥漫着一股烧焦的气味。外面在飘沙沙小雨，他们看见妈妈正往这边赶回来，又是一阵手忙脚乱。哥哥搬起凳子，敞开各扇窗户。妹妹打开门，拿起一件衣裳，在空中挥赶弥漫在室内的焦煳味。

妈妈的脚步声落到了门口。兄妹俩呆呆地立在原地，不安地盯着妈妈。妈妈把门轻轻关上，转过身来说："下雨了，把窗关上吧——咦，什么味道？"

妈妈疑惑地看了兄妹俩一眼，慢悠悠地走到灶台边，弯下腰去，揭起电炒锅锅盖。锅里淌着浑水，水下是烧焦的锅底，却没有其他东西。——鸭蛋已经被依作和哥哥转移，藏了起来。

"你们煮什么了，孩子们，把锅都煮成这样？"

兄妹俩你望望我，我望望你，都把头摇得像拨浪鼓："没，没煮……没煮什么。"

"还学会了撒谎呢。"

妈妈边说边把碗盆一个个翻出来，从灶里掏出一个瓷碗。碗里盛着半碗水，水中晃晃荡荡地躺着一个焦黄的鸭蛋。妈妈把碗端上来，说："还说谎不？说吧，哪里来的鸭蛋？"

兄妹俩耷拉着脑袋，没有主意。

妈妈对哥哥说："你说吧，你是哥哥，你得带头。"

哥哥再次低下头去，用脚尖去蹭水泥地面上一块疤痕。

妈妈的声音严厉了几分："要做个敢作敢当的男孩。"

"我说，妈妈，我说，不要再逼哥哥了，不是他的错……"妹妹快哭出来了。

等说出来龙去脉，哥哥从衣柜里取出剩余的九个鸭蛋，摊开了摆在床上。天黑下来的时候，雨变得有些大了。雨滴从黑沉却并不低矮的天空中滴落下来，斜斜地飞行着。它们落到瓦片上、墙壁上，几乎没有声响。兄妹俩因拾取了不属于自己的鸭蛋，背着手，被妈妈罚站在窗边。哥哥轻声对妹妹说："我都说了，是我一个人拾的，你又何必……"

妹妹说："可是，是我叫你过去的。"

哥哥说："那被罚站在这里，你就高兴了？"

妹妹轻咬了一下嘴唇，说："罚站好。罚站就不用说骗人的话了。"

第二天，妈妈挺着浑圆的肚子，蹒跚着步子，带上兄妹俩，来到了河边。河水欢畅，艾草直立，风沙在艾地里肆意奔窜，却不见任何人或动物的身影——包括鸭子，包括小伙伴们。哥哥胸前捧着一个布袋，布袋鼓鼓囊囊的，隐约能看出里面装着蛋——就是那九个鸭蛋。妈妈带着他们，沿着河岸，从下游走到上游，又从上游走到下游。他们坐下来，静静地等待，风起了，歇了，歇了，又吹起来，就是没有看到一只鸭子，更寻不见鸭的主人。一阵持续不断的风吹来，他们宽大的衣裤在风中哗啦哗啦摆动起来。兄妹俩泛黄的头发被风胡乱地拨弄着，像柔软而有韧劲的枯草。他们等待了很久很久，还是没有等到鸭子和鸭主人。

他们又连续来了三天。

第一天，瓜棚里的农夫说："放鸭人赶着鸭子走了，听说，不会再回来。"

第二天，农夫笑了笑，说："放鸭人去了江边，最早，也得秋后才会回来。"

第三天，农夫脸上的笑变得更加灿烂，他带着几分责怪的口吻，说："还来呀！就给孩子们吃了吧，几个鸭蛋，谁吃又不是吃呢？"

多年以后，依作和哥哥才知道，原来那个农夫就是鸭主人。和当年他们家一样，农夫和他的家人们也是那场洪灾中的受难者。听说，他在那场说来就来的洪灾中，失去了田地、房屋，以及所有亲人。

酒徒
的
月琴

春风裹挟着泥土的清香漫过山野，像阳光一样从我背后远远地游走的时候，我知道，我的好朋友拉里先生真的走了，再也不会出现在我面前那扇并不开阔的窗前，让我给他打二两白酒，或者再加上五毛钱的水果糖了。拉里先生在这大地风情万种、人类野心勃勃的时节，默不作声地选择离开，让我不得不想起曾在课本上见过的一句诗："沉舟侧畔千帆过，病树前头万木春。"事实上，我不知道这句诗究竟是什么意思，但我总觉得我在这个时候想起它来，一定是有原因的。至于说拉里先生离开后，到底去了哪里，恐怕连他自己也不是十分清楚。他曾在临行前，把他心爱的月琴，也就是那把陪伴了他大半辈子的月琴，交到了我手中。换句话讲，也就是将他这辈子唯一一笔遗产，留给了一个十来岁、跟他毫无血缘关系的小惹格。

"惹格"是彝语，傻子、憨子的意思。人们之所以称我为惹格，大概是因为我上了几年小学，没能学会正确书写多少汉字，甚至就连流利地讲几句汉语也成问题。不能否认，我身上存在问题——老师教导我们，人要勇于正视自己的缺点，不要骄傲自满，是的，我必须谦卑且诚恳地承认，我就是个惹格，但恕我直言，那些称我为惹格的人，他们又能正确无误地书写多少汉字呢？他们那自我感觉良好的汉语未必就不蹩脚。需要说明的是，我并不是在澄清我与"惹格"之间不明不白不清不楚的暧昧关系，我从来没打算做更多辩驳，毕竟人们的眼睛是雪亮的，他们认为我是个惹格，那么八九不离十，我跑不掉就是个惹格了。十分不幸，拉里先生跟我一样，也拥有着一个为人所不齿的称呼，叫作酒鬼。当然，人们要是愿意换个叫法，比如酒徒、醉鬼、酒罐子、醉翁、酒疯子、老惹格……一切他们觉得顺嘴并感到痛快的称呼，我们也没意见。

拉里先生是个爱笑的人，即使没有往肚里灌下足够多的酒，他依然是爱笑的。他经常站在我的商店窗口前，递一块五进来，带着惬意的笑："爷们儿，照旧，一块钱酒，五毛拿水果糖。"

接住我递过去的半斤白酒和十颗水果糖的时候，他会恭敬地冲我微微点点头，然后将水果糖分散给身后那群泥猴一样乱糟糟的小孩，自己则坐到一旁的阳光里去，慢慢享用那半斤摇摇晃晃的白酒。这大概就是拉里先生完美的一天了。

拉里先生不是海报上的电影明星，脸上总不可能永远挂着笑，这不现实，我当然看见过他阴沉着脸，像个生气的小孩一样行走在路上的时候。他埋着头，背着手，嘴巴也微微地撇着，正在公路下方的矮松林里一步一步往前钻，身上披满了蒲公英绒毛、鬼骨针芒刺。无论路途多么难以迈开腿脚，他依然像头牛一样野蛮地往前挤去。其实离他不到两米远的地方就是平坦的公路，只要他愿意，随时都可以把路走得像溪水一样流畅。

我提醒他："拉里先生，喂！你好像忘了，人虽然不是汽车，但也一样可以在公路上自由行走呢。"

他双手叉腰，歪着头打量了我一会儿，说："噢，年轻人，谢谢你的提醒，有劳了。不过，就算忘了吃饭睡觉，我也不会把这件事忘掉的，这可是人类一大优势——人可以在汽车的路上行走，而汽车却无法开到人的路上来，哈，你看看，人是多么特立独行。"

我说："那你为什么不走到公路上来呢？我敢打赌，你将走得跟我一样轻松。"

拉里先生不屑地朝我一挥手："省省吧，年轻人，休想让我走到公路上去。我发过毒誓，这辈子不会踏进公路一步。你想知道为什么吗？还是算了吧，就算你用一斤白酒跟我换，我也未必会同意。"

我想拉里先生一定是忘了，之前他喝醉酒的时候，其实已经把原因告诉我了。他就是这样，经常遗忘喝醉时讲过的话、做过的事，好在除了我，他不会跟别人讲太多酒话，否则，定会给他惹来不少麻烦。

我说："拉里先生，看来我又可以省下一斤白酒了。"

拉里先生歪着头，模样相当自信："噢，是吗，难道说你一点儿也不好奇？"

那是拉里先生的仇人升官的时候。据说，那家人和他们家是世仇，从他们的爷爷的爷爷辈就结下了梁子——那个人身上背负着他家的人命。但我得提出疑问："可是，你跟那个升官发财的人有仇，关公路什么事呢？"

拉里先生看了我一眼，失望地叹了一口气，说："听听你这个愚蠢的问题吧，要不是看在你叫我一声'先生'的分上，我真想跟你绝交两三天。"

别人都叫他酒鬼，认为他父母给他取的名儿太好听，像在稻草人身上披一件崭新的瓦拉，极不般配。我以前也给他取过别名，叫作"喂"，这也是人们慷慨献于我的第三个名字，除了"惹格"和"喂"，有时，还会有个"嘿"。拉里先生对我说过，我不能跟他们一样，叫他酒鬼，叫"喂"当然也不妥，我读过书，他也读过书，他还教我认了不少汉语字词，比如"窖""发酵""蒸馏"，我应当叫他一声"先生"。在我刚听到这个词的时候，跟其他小孩一样，只觉得滑稽——滑稽极了，忍不住要哈哈大笑，笑得泪水直流。后来见大家都以此奚落、消遣他，我才开始认认真真地叫他先生。

我学着电视里长头发的男士们，对他点头哈腰："是，先生说的是，请先生解惑，为何有公路不走，却要钻那野路？"

拉里先生很满意，点点头说："我那仇人，是公家的人，对吧？"

我说对。

"公路也是公家的，对吧？"

我点点头。

"那么，他们就是一家人。我走在公路上，受了公家的恩泽，也就是受了他的恩泽。这不行，我岂能接受仇人的恩泽？我得彻底跟他划清界限！"

这无可厚非，但我还是要说："拉里先生，恕我直言——你脚上的劳动布鞋，还有身上那件不大得体的西服外套，不也是从公家那里来的吗？"

我其实是为了让他杜绝这样的想法，没想到适得其反，他朝我竖起大拇指："爷们儿，你算是说了句有人样的话了，我正不敢断定这些东西到底算不算公家的呢。好，很好，你这个提醒非常及时！"

第二天，拉里先生的脚上换了橡胶凉鞋，身上唯一一件工业商品——西服，也脱掉了，披上了一件深灰色的披毡，没穿衬衣，就穿了一套手工裁缝的彝族服装。那种橡胶凉鞋我也有一双，也是纯手工制成，就出自拉里先生之手。用快刀在大货车轮胎上削下鞋底、鞋身，再用细短的大头钉钉起来，成了。这是拉里先生的一笔收入。制出一双凉鞋，可以换得两斤半白酒，够他醉上两三个日夜。本地有好些手巧的人都有制造这凉鞋的手艺，我认为拉里先生做得最好，当数翘楚，但他却是这些人中经济收入最让人可怜的一个。那种凉鞋很结实，别说刺或玻璃扎不进来，就算踩在钉子上，脚也不会受伤，通常穿五六年不成问题，还越穿越合脚。当初我想拥有这样一双时髦、耐穿的轮胎橡胶凉鞋，我妈妈不同意，任我哭闹。无论好坏，只要涉及花钱，她都不会同意。我猜我妈妈早就猜到，就算我再怎么哭闹也不会真哭，或者说纵使我真哭，她也毫不在意，反正她有的是办法让我闭嘴。

拉里先生知道后，连夜动手，为我赶制了一双小巧的凉鞋，用不知从哪里捡来的破报纸，包裹得就跟一件挺像样的杰作一样，送进窗来。我向他支付酬劳，他潇洒地挥了挥手，说："算啦，我怎么还能跟一个小孩做生意，收你的钱呢。我们可是好朋友，只要你愿意穿。我做的凉鞋不给你穿，给谁穿？"

话虽如此，我还是深感抱歉，平日里我给他打酒喝，向来没免费过。电视上说了，没有免费的午餐，天上不会掉馅饼，可拉里先生坚持认为，凉鞋就是凉鞋，不是午餐和馅饼。我想了想，突然觉得有理，差点把凉鞋与午餐馅饼搞混淆了，于是说："那么好吧，就让我请你喝一杯浊酒。不成敬意，万望笑纳。"

他斜靠着窗洞，捋捋长发，说："实在过意不去，那就来一口吧。只要一口。"

我给他打了一斤白酒，他没有全要，找个塑料袋，倒了二两出来，剩下的还给了我。还说什么即使是替家里看守商店，也得堂堂正正，光明磊落，不能偷偷摸摸，要从小顶天立地做人。还说那松树必须从苗就直直往上长，一天歪一点，一天斜一点，到了顶上，也就歪歪扭扭，不成样子，再想挺直腰杆，也就难了。

毫无疑问，拉里先生算得上哲学家，我完全听不懂他这番话，更听不懂他的比喻。除了哲学，拉里先生还酷爱艺术，他热爱他的月琴，就像一个有钱人热爱他的钞票。那把月琴比较陈旧，正因陈旧，显得十分光滑，像镀了一层蜡，油亮油亮的。当拉里先生闭着眼，弹奏他的月琴时，他的脑袋便很自然地摇晃，幅度很小，频率很快，黧黑的脸膛透出红光，嘴唇上浓密的胡须也不由自主地颤抖起来，很有节奏，仿佛在跳舞。我不懂音律，很难做出评价，但我觉得很好听，好听得就像人在困极了的时候倒头大睡，或者在闷热的天气里，坐在一棵繁茂的梨树下接受凉风的吹拂。叮叮当当，嗒嗒嘀嘀，哩哩啦啦。我贫瘠的想象力就开始起飞，在风中飞来飞去，飞到许许多多从来没有达到过的地方，飞到幽暗潮湿而又十分陌生的地带。让我既想流点眼泪表示难过，又只想静静地遐想一些别的什么。总之，就像眼睛遇见葱，耳朵听到拉里先生的月琴曲，也会有反应。

这就够了，在我眼里，拉里先生就是一个音乐家，跟《音乐》课本上的贝多芬、莫扎特、巴赫他们一样。事实上，听那几个高鼻梁老外的音乐，还没听拉里先生的音乐让我震撼、有触动。可惜，拉里先生的头发还是不够长，如果他留起蓬乱的长发，变成一个像女人一样的男人，我想，他肯定会是一个非常伟大的音乐家。不要觉得我没有见过音乐家，更不要以为我没听过这些音乐大家的杰作。我们的音乐老师，也就是那位鬈发很长、脸盘很大的中年男人，就经常让我们闭上眼睛，用心聆听音乐大师们的杰作。他每周都会换一位大音乐家，让我们"见识见识"，说艺术需要从小熏陶。天知道他在说什么，我连"熏陶"是什么意思都不明白，也不想明白。

虽然在我眼里拉里先生已经算得上音乐大家，可在别人眼里，他不过是个不折不扣的酒鬼、老惹格，不务正业，喝酒弹琴，偶尔干活，养只鸡卖卖，过的是跟小孩过家家一样简单的日子。就连他汗涔涔地蹲在院里埋头做橡胶凉鞋时的模样，都那么像一个玩笑。

我曾哭闹着向爸爸请求，让他给我买一把月琴，我想让自己也成为拉里先生那样看起来非常伟大的音乐家，可我爸爸好像听不见我说的话。他偏着脑袋，用一根红头火柴掏着耳朵，嘴里像蜜蜂一样哼唧着歌曲，连看都没有看我一眼。在爸妈完全不可能同意的情况下，我试探着向拉里先生打听，如果想要得到他那把月琴，我大概需要准备多少钱。拉里先生把手轻轻按在我的额头上，摸了摸，好像在确认我是不是发烧把脑袋烧糊涂了，然后语重心长地说："爷们儿，不是世上所有东西都可以买卖的，我这把月琴，你花一千块也拿不走。"

一听这话，我就知道没戏了，不是相信他真不卖，而是一千块，是个天文数字。一千块买头肥猪绰绰有余，或者两三只壮羊，二十只大阉鸡，五十余双回力牌白色布鞋。我爸爸没病，平时连一双回力鞋都不肯给我买，何况五十双。再说，我还有个妈，她会阴着脸把我的话吓回去。我撇了撇嘴，不了了之。拉里先生向我透露，他那把月琴，是他爷爷的。那是他爷爷当年英勇解救身陷危难的头人，头人奖赏给他的纪念之物。他说那话的时候，那张沟壑纵横的老脸上突然就有了一种不知来由的自豪感。拉里先生是个不爱说谎的家伙，我对这话坚信不疑，可我还是不得不拦他一句："那又怎么样？"

拉里先生告诉过我，他认识我已有十余年。从我呱呱坠地那天开始，他就认识我了。这件事我曾从妈妈她们的聊天中得到过确认，他确实在我刚来到这个尘世时，就在我家的锅里捞了两块肥得流油的鸡肉，分成几口送进了肚子。他在祝贺我爸爸"喜得贵子"的时候，一口气抿了二两白酒，拍拍屁股，脸蛋红扑扑地走了。很抱歉让他的贺词成了笑话，多年后我不但没有成为贵子，倒成了一名不折不扣的惹格。

我妈妈曾说，我变成这样，就是因为我出生那天来了拉里先生这么个不精明、不能干的不速之客。还说就是拉里先生那嘀嘀嗒嗒的月琴声，让我说话变得嗯嗯啊啊，像月琴呜咽一样，学习语言永远比别的孩子吃力。

拉里先生是个大酒鬼，人们对他比对我客气不了多少，谁又能不认识他呢。我不但从记事起就开始认识他——虽然我现在也未必记事，而且我还知道他很多鲜为人知的秘密。比如每次弹琴，他都会选择在夜深人静的时候进行。每次弹完月琴，他基本上都会在月光底下埋下头来，静静地坐着，有时好像还要让眼泪掉落一会儿。或者一个人坐在火塘边，喃喃自语，说一些莫名其妙的，被人们称作"疯话"的语言。

　　从那含糊不清的语句里，可以捕捉到几个人的名字，依作、尼扎、拉琼，然后是一些对亲人的称谓，阿达（父亲）、阿嫫（母亲）、阿姆（女儿）。我知道，依作是他的女儿，尼扎是他的爱人，拉琼则是他的哥哥，他们都已经离他而去，一个也没在人世。

　　每次独自在月光下弹奏完一首月琴曲，在酒精的怂恿下掉完几颗眼泪过后，他都会把腰间那把匕首取下来，在粗粝的磨刀石上来来回回地磨蹭。磨砺一番，举起来，用手指头试试利钝，月光下有寒光闪现。泼下半瓢水，接着又一摇一摇地磨。就好像他要办一件大事，未来几天里，将会有人被仇家残忍杀害一样。然而两三天过去，四五天过去，什么动静也没有。要算动静的话，拉里先生倒是大醉了一场，独自一人在夜里又说又笑，扬言看见了三只眼睛的人和耳朵像芭蕉叶那样宽大的鬼。

　　听说他第一次动手，是那年冬天。他在浓雾中跟了那人一路。要过年了，那人提了年货，正风风火火往家赶。尾随到大门口，就要动手，见那人的小女儿出来迎他，小女孩脸蛋红扑扑的，小手拉着父亲，爸爸、爸爸叫个不停，又蹦又跳，一脸幸福。拉里先生停下脚步，稍作犹豫，就让那人像条鱼滑进水里一样，溜进了屋。冲进别人屋里行凶是不可能的，何况还得当着一个小女孩的面。

就先让他过个年吧，不为别的，就为那即将失去父亲的小女孩。

拉里先生回过头来，把自己灌得酩酊大醉。深夜里，开始在空旷寂寥的屋里，和只有自己看得见的哥哥发生争吵。他认为让那人过个年无妨，哥哥却似乎在埋怨他的怯懦。夜里做梦，他发现父亲冷冷地坐在山冈上，只顾抽烟，任他如何呼唤，都不搭理他。

第二次谋杀。他在那家人的院外一堆松针垛里藏了整整一下午，只为寻得一个更合适下手的时机。到了傍晚，那家人的门一直敞着，人们进进出出，脚步声急促混乱，不知有什么特殊的事发生。等到稍稍平静，他钻出松针垛，隐到屋后，打算等那人出院子就跟上去，在合适的地点结果他的性命。他没有等到那人的身影，却听到一声初生婴儿的啼哭。那人的儿子降生了。膝下一直无子的仇人，在两鬓染霜的时候，终于等到了儿子。拉里先生一直在草垛里，感受着一条生命艰难降生的过程。他在黑暗中病恹恹地往回走，身影越来越小，越来越淡，渐渐融进浓雾里看不见了。

一路上他都在想，这下好了，刺杀计划不得不往后推延几年了。他总不能在一个孩子还不能站起来走路、还不会与人交往的时候，就让他失去父亲。这太过残忍。

愿英明的父亲、善良的哥哥，暂且宽宥他的无能。

想到大仇要往后推延几年才能报，他居然没有想象中那么失落，反而还若有若无地飘出几许轻松与愉悦。

他甚至有些替仇人高兴。

他不确定他的脑子是不是坏了，有些替自己感到担忧。

就在这几年里，拉里迎来了自己的爱情。那个叫作尼扎的姑娘，不嫌他一贫如洗，不嫌他喝得烂醉的过往，只要他今后不再喝酒，或者少喝一些。小日子紧巴巴的，却也不失温暖。他们在第二年春天得到了女儿，把日子过得春风得意。复仇的心暂且像个嗜睡的婴儿一样静下了，看样子永远不会醒来。拉里先生喜欢这样的日子，他觉得日子就该这么过。

从前那个经常烂醉如泥的人不见了，现在的拉里，滴酒不沾，每天从地里劳作回来，在院里，给妻子和女儿弹月琴。尼扎爱听，女儿也爱听。

女儿四岁那年，他们打算让女儿拥有一个弟弟或妹妹。

胡楂浓密的医生告诉他们，最好不要再生，可能会有难以把控的危险发生。妻子决定铤而走险，拉里先生坚决反对。在他看来，每个生命都是完整的个体，人没有断后之说。他甚至怀疑，自作主张让一个生命来到世上，到底是不是一件对的事。在痛苦与欢乐的海洋里浸泡无数日夜，似乎使他成了怀疑主义者。

女儿八岁的时候，山洪这头猛兽出笼，掠走了许多房屋庄稼，还有人的生命。女儿和妻子在劫难逃，拉里先生眼睁睁看着她们被洪流卷走。

一个刚刚活过来的人，复又心如死灰，胡须不剃，头发不剪，偶尔洗洗衣裳，经常借酒浇愁。一个人吃饱全家不饿的拉里，没了顾虑，又可以把心头的怒火扑向那个仇人。可复仇的心似乎仍然在沉睡，并没有完全苏醒。毕竟那人的家庭同样在洪水中遭到重创，也有至亲的生命被夺走。

那段日子，即使拉里先生在商店里买酒的时候，碰见那人或他的儿子，也激不起什么仇恨，甚至还有点同病相怜的意思。等拉里先生心中沉睡的仇恨彻底苏醒过来，他又开始复仇，并做了缜密的谋杀计划。

不巧的是，就在这时，那家人再次出事。他十二岁的独生子在放学回家时，被一辆大货车撞倒，并碾压了过去。有时候拉里先生觉得，这是一个绝佳的机会，他应该果断出手，给这个连孩子都看不好的男人一点颜色看看。可他又无法否认，孩子发生意外，无法完全归咎于那人，毕竟孩子已经这么大了。就像他，看着妻儿被洪流卷走，又能挽回什么。纵使扑进洪流，被洪流卷到很远的地方，洪流既不要他的性命，也不让他救回妻儿，他又有什么高招。现在，那人就跟他一样，也是个失去了心肝的老男人。

站在一个父亲的角度，他不能做什么，只能暂且原谅他。

再次准备复仇的时候，那个人当爷爷了，整天抱着小外孙，朝夕相处，寸步不离。他让小外孙的笑脸在自己满脸的胡楂上贴来贴去。拉里先生看见那人的脸上爬满皱纹，还有白色的胡楂。也是，那人只比他父亲小一轮，拉里都快老去，他又岂能不老。这个像狼子一样凶狠的人，原来也是肉长的，同样躲不过芸芸众生面临的每一道劫难。

拉里先生认为，他还是没什么下手的机会，要怪就怪自己想得太多，要怪就怪自己偏偏在这个时候看见那人令人惊心的苍老。

每次空手而归，他都会喝得不省人事，然后在半夜里和别人看不见的"人"争论。每当在月光下弹月琴，磨了匕首，像个心狠手辣的人一样出门，最终又会踉踉跄跄、醉醺醺地回来。如此循环往复。

什么都没有改变，除了脸上的皱纹和在酒精的浸淹之下，即使没有喝酒也长期处于沉醉状态的身心。

作为一名十足的惹格，我曾在学校饱受煎熬，终于和学校相互唾弃，实现了永久的逃离。爸妈把那个被人们遗弃在一旁的小商店拾掇出来，在勉强能站稳的货架上摆上烟酒、饼干杂糖、火柴打火机，还有针头线脑什么的，让我做了个掌柜。掌柜是假，跑堂是真，收了钱，要一分不少上交，且因为是掌柜，即使嘴馋，也不能动那些糖。天下哪有馋嘴的掌柜？于是，小朋友们买糖吃的时候，我只有默默看着那一张张小嘴，佯装感受不到任何香甜味。拉里先生一眼就把我看穿了，他在给小孩们分糖吃的时候，免不了要往窗台上搁一两颗，说："来，爷们儿，请你吃颗糖。"

我望一眼糖，赶紧收回目光，目光很黏稠，拖拽不干净，忙说："我，我不……不要。你在我这里买的，要了，算怎么回事。我不要。"

拉里先生笑笑，说："那我下回到别家的商店买来给你吃，你看可行？"又说，"拿着吧，年轻人。"

这是个好理由。为了留住生意，保住商店，当好掌柜，我愿意厚着脸皮吃这颗糖。

和别的酒鬼不一样，拉里先生不爱和大伙一起喝酒，就算偶尔和他们坐在一起，你一口我一口地抿，也格外安静，从不吵吵嚷嚷，更不可能借酒撒泼。人说，玉米饭四季豆汤天生一对，煮了土豆不能缺了圆根，烟酒更是不分家，但拉里先生似乎不喜欢尼古丁的味道，光是喝酒，从不抽烟。抿完一口酒，他要很自然地拭擦一下瓶嘴，才将酒瓶递过去。

在我眼里，拉里先生处处显得那么独特。

这也难怪，拉里先生毕竟是个音乐家，总会有他独特的魅力。和别的音乐家不同的是，这个音乐家非但没有靠音乐过上体面的生活，反而还把日子过得越来越穷困。最潦倒的时候，竟无法掏出一元钱来买半斤白酒喝，光是搓着手，缩着脖子，在我的商店窗口踟蹰。似乎在等待别的爱喝酒的人前来打酒，好蹭几口酒吃，又好像只是在等待酒瘾过去。事到如今，他是不能不喝酒的，他的手在发抖，抖得严重的时候，就连瓶盖里的酒也嗫不进嘴，大半都会洒了去。

实在等不到打酒的人，或者酒瘾像个无赖一样赖上了，拉里先生稳不住了，才开始变得热情、健谈，爱开玩笑，展现出极好的口才。他会主动与我搭讪，说说音乐，谈谈月琴，只要能引起我的兴趣，并有可能使我心情愉悦，任何话题，他都乐意提起。他总归还是个心思细腻的人，过了这么久，依然记得我喜欢听他弹月琴，依然记得我曾觊觎过他的月琴。

我不是个认钱不认人的肤浅之人，即便是，也得使出浑身解数说服自己，假装不是，何况拉里先生从来没有在想喝酒却没有钱的时候，像别的酒鬼那样硬要赊账，我让他们还清欠债，再谈赊账的事，他们就会硬闯进门来，打着赊账的幌子，亲自动手打酒喝。我若再拦，可就是"敬酒不吃吃罚酒"了。拉里先生足够尊重每一个人，不论他是老人还是小孩，疯子还是憨子。我从桌子底下拿出一个清洗得干干净净的空瓶子，再取下容量为半斤的酒提子，给他舀酒。他见了，表现出极大的满足感，蛋脸红扑扑的，搓着手，不断地说："劳驾了，二两就好，二两就好。过两天手头宽裕了，立马给小哥送来。"

我提着鼻孔，神气地说："那么大个人，二两酒哪够喝呢，半斤都只够你润润喉呢。少啰唆，拿着！"

他朝我点了点头，脸始终埋得低低的，不敢抬起来正视我一个小孩。双手哆哆嗦嗦地接过酒，把嘴噘得长长的，对上瓶嘴，嘴唇也在发抖，玻璃瓶与牙齿敲打在一起，嘚嘚嘚地响。他那手爪，全不像活人的手，干瘦，乌黑，没有血色。喉上的筋直直绷着，似乎那层皮就快包不住了，随时都有跳出来的危险。

一旦手中有钱，他会在第一时间重新出现在商店窗口，递过来两元钱，文绉绉地说："小哥，奉还欠债。另：半斤白酒。有劳。"

我说："不用这么急着还呀，我堂堂一掌柜，还做不了半斤白酒的主吗？"

这些天我有点怄火，正准备跟上头——也就是父母和成年人们干一仗，造造反什么的。哪里有压迫，哪里就有反抗嘛，我小惹格也要抖擞抖擞精神，像水桶里的鱼儿一样蹦跶蹦跶，做一下反抗斗争。

拉里先生很焦灼，眼神定在我身边那一桶酒上，希望我干脆点收了钱，早些把酒舀上来。不知道是不是冷，他又在瑟瑟地发抖，钱在手中高频率晃动着，像秋后一片在风中颤抖的枯叶，他用恳求的声音说："小哥，不是那意思，请听我一言，你已经做过主，但欠的，还是要还的，世上没有欠债不还的道理。不管是酒钱……还是别的什么。"

我听这话有弦外之音，感到甚是欣慰。

说实话，我还是希望拉里先生能手刃仇人。如果他手刃仇人后，不必伏法，依然活得好好的，那他能在三更手刃仇人，我希望他不要等到天亮。只是我听大人们讲，杀人要偿命，拉里先生如果要了那人的命，他自个儿也就活不成。相比之下，我更希望拉里先生能活在世上。至于说活在世上干什么，就跟那些鱼儿、青蛙们一样，我也是不知道的。我想，这应该属于一个十分复杂的问题，不要说我一介惹格，就连那些自认为绝顶聪明、学富五车的人，顶多也只能给出糊弄小孩或者自欺欺人的答案。

我希望拉里先生少喝点酒，喝酒伤身，并且如是说的时候，拉里先生却告诉我，他可能要离开了，离开这个世界。

他告诉我，发生了很多奇奇怪怪的事。比如，他看到的明明是一条狗，拦住他的去路，张大了嘴，朝他汪汪吠叫，听到的却是几个不知是妇女还是小孩的尖厉的嬉笑声。又比如，一只小公鸡立在断壁上，昂首挺胸，直勾勾地盯着他。他走近了，鸡却连眼珠子都不转动一下，更不打算迈腿走开，好像他是个透明人，它看不见他。他伸出手轰赶，小公鸡还是没什么反应，泥塑一样，只是眼神里跳出几句轻蔑的话语：你想做什么？你能做什么？我可不怕你，你个酒鬼拉里！

拉里先生退回来，那只鸡却动了，朝他叽叽咯咯，前俯后仰地大笑，仿佛在说，逗你玩呢，把你骗惨了吧，酒鬼拉里，我的表演还到位不？听说你从小是个惹格，就跟商店里头坐着的那个呆头呆脑的小惹格一副德行。恭喜你啊，从小惹格变成大惹格，又成了无能的老惹格！看看你那副糟老头子模样，真为你感到悲哀。除了一副臭德行，什么也没有！有人三番五次要为你安排工作，就因为他们跟你仇家走得近而坚决拒绝吗？难道还有什么比吃饱肚子和穿漂亮的衣裳更重要吗？你真是个怪人！

小公鸡扑通一声跳下来，斜仄着身子，将低垂蓬松的翅羽贴在腿上，绕着他，快速转圈，并发出急促的咯咯咯咯声。它在干什么？天呐！这可是公鸡对母鸡的求偶方式，这只小公鸡居然把他当成了一只母鸡！拉里先生感到毛骨悚然，哑然失声，挥着手臂将它撵得满世界窜。然而，那只精力旺盛的小公鸡并不怵他，反而跟他逗上了。他冲上去将它轰赶，小公鸡暂且跑开；等他疲乏了，停下来，喘口顺当气，小公鸡又兴致勃勃地绕回来，再度挑衅。难道就连它也知道我拉里要断子绝孙、离开人世了吗？苍天！

从那一天起，不但恶狗、小公鸡，就连牛犊、生马、劁猪，面对醉酒时的拉里先生，脾性均有明显的变化，变得越来越像得势人家的后生们。从那一天起，拉里先生开始相信，他的魂魄大概早已离开了他的肉身。从几年前他的精神状态变差、他的胃口长期不佳，他的肉身与皮囊严重脱离实际年龄，率先老去，他就开始怀疑，他的魂魄已经离开了他。一副没有魂魄守护的肉身大概就是这样，光棍不敬他，小孩不待见他，狗不怕他，就连小公鸡也要把他当成母鸡进行调戏。一个没有魂魄护身的人，是活不长的，据说，最长活不过三年。

扳着手指头仔细数下来，拉里先生发现，从他开始怀疑失去魂魄那年算起，今年正好是第三个年头。

拉里先生说，他要走了，他得进城，他要在离开这个世界前，和他们家的仇人做个最后的了断。他把那把月琴交到我的手中，说："如果等到秋天过去，我还没有回来，它就是你的了。"

时令明显已经是深秋，看那窸窸窣窣飘落到地上的枯叶就知道，听那挂在阴云底下要哭不哭的秋雨就知道。许多时候，从县城下来的客车冒着粗重的白气，停在公路边，看着人们拖家带口跳下车来，带着笑容提起行李，高调地走过，和路上的人们幸福地谈笑着，我就在想，如果那个头戴呢子狩猎帽、上嘴唇胡须浓黑，让我想起"超级玛丽"里用脑袋顶砖墙，顶出一朵蘑菇，吃了就能长大的人，就是拉里先生和拉里先生一家人的话，我也愿意用脑袋在什么地方撞出一朵什么来，让自己的智商在现有的基础上，再傻掉一半。可惜，那些看起来很幸福的人，个个都不是拉里先生。

不需要等到秋天过去，拉里先生就回来了。

他破衣烂衫，蓬头垢面，活生生成了个乞丐的模样。他不是坐客车回来的。他说他没有车票，同时不打算白费口舌求人，于是靠着双腿走了回来。不知道他走了多少天，反正鞋子都走烂了——或者它原本就是烂的，不过在我眼里，它分明就是走烂的。如果不是听出他的声音，我差点儿没认出是他。

拉里先生告诉我，他到了市里，没找到那家人的住址，却差点儿把自己弄丢。盘缠快要用尽的时候，老天有眼，终于找到了，那家人却没人在家。打听得知，他们去了市中心的医院。他握着藏在披毡里的匕首，走进医院，见那人瘦成了一把骨头，都快认不出来了。不需要使用任何武器，只要伸手轻轻一碰，估计就能让他像一把脆生生的野草那样，变成一把灰，还未来得及看一眼，就已经消散在风中。病房里没有其他人，就他一个，吊着点滴，奄奄一息，明显是在等待死神的降临。看到拉里先生进来，那人并不惊慌，而是微微地朝他点了点头，那意思像是在说，来了？就好像他来晚了一样。那人尝试着说话，却说不出口，只有喉结在苦涩地蠕动。努力几番，不再尝试，认命地闭上了双眼，两颗眼泪慢慢地溢出来。

拉里先生明显不是死神，他说他退了出来。

这就对了，这就是我所认识的拉里，我从来就没有相信过他会干出一件大事，更何况是杀人。平日里，看见小孩用石头砸毛毛虫，撕蜻蜓的翅膀，或者给一只蚂蚁分尸，拉里先生都会去制止，说："孩子们啊，它活它的，你们干什么要人家的命。快快住手吧，谁再这样，下回我不给他糖吃了。"

有时遇到娇惯的孩子撇嘴说："嘁！谁稀罕你个酒鬼手里的糖？我就偏要踩扁它，看你能怎样！"

拉里先生说："就算你不稀罕糖，我也不能把你怎样，你就不能想一想，在命运面前，我们人类不就好比这些蚂蚁吗？"

小孩冲他扮鬼脸，转过身去，撅起屁股摇晃，并用手拍打臀部，表示对这番话以及拉里先生本人持轻蔑到极限的态度。单一根手指头，就轻易把蚂蚁在地上碾得粉碎。

拉里先生酸着脸，偏过头不去看。不但蚂蚁虫子，就连人们常宰的鸡，常杀的猪、羊、牛，拉里先生都无法下手。磨了刀，摁在地上，手却哆哆嗦嗦，不敢捅下去。人们取笑他，拿他寻开心，说勇士的基因，怎么会有女人的特性，一点儿也不像他爷爷和他爸爸的后代。一把夺了他手中的刀，就听到一声惨叫。拉里先生有时也吃点肉，但自己从来不动手杀猪，也不宰鸡。他原来养鸡来帮自己应付生活，到了后面，连鸡也不养了，说是养大了卖给别人宰，可怜。人们都说，他这是彻彻底底疯掉了，自己都没法可怜可怜自己，却要可怜什么鸡啊蚂蚁的。

拉里先生告诉我，他在市里没了盘缠，饿得天旋地转，蜷缩在披毡里，睡在天桥边。他以为他会就这么死在桥上。然而他并没有想象中那么脆弱，他又醒了过来。醒来的时候，发现又是崭新的一天，天很蓝，阳光很好，空气绿油油的，看起来光鲜亮丽的人来来往往，从他眼前走过。他被人们当成了乞丐，有人在他面前放了馒头和零钱。

他说，原来一个人变成乞丐，竟是一件在无声无息之中，不知不觉发生的事。

回来后第二天，拉里先生就走了。"走了"的意思，也许是去了另外一个世界，离开了人世，也许又不是。至于怎么走的，恐怕没人知晓。临行前，他向我索要一斤白酒，说是路上喝。我还以为天冷了，他要上山顶迎接太阳，于是问他："拉里先生，你又要上山顶迎接太阳了吗？"

他冲我咧嘴笑笑，说："是的，爷们儿，迎接太阳。不过这回，恐怕要比上山顶还要远一些。"

我说："噢，是吗，那是一个什么样的地方？"

他说："我也不知道，大概是梦一样的地方吧。"

我不知道梦一样的地方在哪里，问他："这个梦一样的地方在哪里呢，我怎么没听说过？"

"你还小。你这么聪明，长大后一定会听说的。至于在哪里嘛，恐怕我也不甚清楚。"

听到有人说我聪明，我怎么就那么想笑呢，只是拉里先生说得太过认真，我不好意思笑。

人们在金沙江边的沙滩上发现了那个瓶酒。里面的酒已经喝光，一滴不剩。酒瓶旁边，是那把刀把上缠着红布、坠着布条的匕首。刀鞘上有斑斑的锈迹，也有可能是血迹，恕我这个惹格傻傻分不清。

我回想起那天拉里先生对我说的一句话，他说，作为人，他还是没有原谅他，但作为众生，他已经宽恕了一切，也包括他。

一如既往，我还是听不懂拉里先生的话，但我猜想，他口中的他，就是那个仇人。

又一个秋天快要过去，秋风横着竖着斜着乱舞，败叶在天幕上翻着滚着躺着飞窜，我裹着厚厚的棉衣，把双手插进暖烘烘的袖管里，坐在那个飘满了败叶的小商店里，打着盹，守候生意，也守候一位拉里先生那样的顾客。货柜上的月琴已经很久没有碰过了，慢慢在这个尘土飞扬的商店里积上了厚厚的灰，弦也断了一根。我发现这把月琴一旦离开拉里先生，也就彻底失去了往日的光辉，不过是一把黯然、无趣的老古董，甚至使我怀疑，它到底是不是那一把在拉里先生手中散发着万丈光芒的月琴。如今的它，当柴烧都嫌灰大，就是一把朽木。对于这样的变化，除了无奈，就剩下徒劳的感慨。这使我感到很沮丧。

　　冬天也跟着飘进眼帘里来了，雪花像筛子底下的荞麦面粉，在空中纷纷扬扬，穿梭着相互追逐，或者说是在调情。窗外积雪越堆越厚，渐渐淹没枯枝败叶，还有行人、鸟兽的脚印，皑皑的大地变得十分平坦，没有任何伤痕。我又想起曾在课本上学到的第二句诗："千山鸟飞绝，万径人踪灭。"往年这个时候，无论手头有没有现钱，拉里先生都会哈着白气，搓着手，来到我面前的窗口，红着脸说，小哥，来二两酒，不喝两口，实在是抵挡不住这寒气。虽然他又是跺脚又是搓手又是哈气，但仍然显得格外得体、有礼貌。我不免要吊着，好好打趣他一番，再把酒给他打上。然而今年下雪天，广袤无垠的纯白大地上，除了纷纷扬扬的雪花，还有一间摇摇欲坠的小屋，就剩下对着小窗洞打盹的我，一个人也没有，拉里先生更不会再出现。

　　不要说冬天了，即使等到冰消雪融，万物复苏的时候，拉里先生也没有再复苏。我想，他大概已经不属于万物了吧。

喜鹊
怎么
不叫

鸡叫了一声又一声，天还是没有亮。那扇遮着一块红布的小窗里，一点点白光也漏不进来。老人早就失去了睡意，面对眼前的一片黑，上下眼皮吧嗒合到一块儿，弹开，吧嗒合到一块儿，又弹开。

　　他们还是没有同意。无论她说多少次，他们就是不同意。那是她亲手养大的儿女，如今他们大了，成家立业了，不再打算听她这个老太太的话，她的话已经变得还没有一声鸡叫管用。她对他们说："等我去世那天，就不要再像你们父亲去世时那样，又是宰牛，又是宰羊，还叫来各路亲朋，亲朋的亲朋，亲朋的亲朋的亲朋……用不着那么兴师动众，我一个尘土般的凡人，就让我安安静静地离去吧，一个人也别叫，一只羊也别宰。就像一片枯叶落到地上，就像一条河流枯竭干涸。"

　　可儿女们认为，自古就没有这样的规矩呢。

　　老人就告诉他们，自古没有，今后就有了，自古有的，现在还能完好保留吗？他们家宗氏自古就有的毕摩（祭师）身份，一代一代传下来，为何到他们这一代，就断了呢？在他们还小的时候，也曾随他们父亲到处去作法事，学习经文，为将来成为一名毕摩做着一切该做的准备，可到了该由他们给自己的后代传授毕摩经文的时候，他们却让后代半途而废，说没有办法呢，孩子们要去上学。

老人老了，很多事情无可奈何，没有选择的余地，但至少，和这个世界告别的方式，还能由自己做主吧？她受不了嘈杂，受不了那些无关紧要的人张着好像只会产生噪声的嘴，在院里呜里哇啦地叫嚷。在他们父亲的葬礼上，她就发现不少这样的人，她劝导那几个醉醺醺的年轻人，让他们安静，休要喧哗。年轻人眯着眼瞥了她半天，非但没有收敛，反而对她说："哪来的小山羊，居然会站起来跟我咩咩咩咩地讲什么？嗯？"

即便老人把这样糟糕的事情搬出来，儿女们也还是无动于衷，只是一如既往地说："您一个德高望重的老太太，怎么可以跟一个烂醉如泥的酒鬼计较呢？他肯定是把自己喝成了七八只眼、五六对耳朵了嘛，哪里还分得清什么人和羊。"

刚开始，他们还会耐心听她把话讲完，慢慢劝说，试着去改变她的想法和态度，现在，他们已经不愿耐心倾听她谈论什么了，就像葬礼，在他们眼中一直是十分重大的话题。老人说："由子啊，那件事，你到底是怎么打算的？你是长子，你说的话，他们会听。"

大儿子说："啊，阿嬷（母亲），啊……您说什么哪？我这里信号不太好啊……听不清啊，喂！不管您说什么，我们都会听的，不……不要上火啊。"

老人知道信号没长眼，不会挑时间，大儿子分明就是不打算按她的意思办。这个从小憨厚的由子，老人还一直担忧他太老实了，免不了要吃亏，没想到也学会了耍滑头。

她又给二儿子打电话，等了快一顿饭的工夫，二儿子的电话才慢吞吞地拨回来，他气喘吁吁地说："阿嬷，近来身体可好哇？天冷了，要注意添衣服。要是没什么事，我……我可能得先挂了，正忙得不可开交，回……回头，我给您打回去啊。哎，哎，好……放心……您先歇着。"

老人将手机摆在床头上，摆在院里明晃晃的阳光下，摆在横七竖八的枯草丛中，就这么眼睁睁地盯着它，看它跳不跳起来，看它亮不亮起来，看它嚷不嚷起来，那手机就是死沉死沉地睡，一动不动地睡，断了气一样睡。她怀疑手机没有电量，按了又按，手机还是能亮；怀疑手机坏了，拍了又打，举到耳边摇一摇，并没有异响。她把手机重新放回地上，几片残破的叶子飘落下来，摇摇晃晃，把它给彻底遮盖住了。她簌簌地拨开枯叶，抓起手机，笨重地按着按键把号重新拨出去，然后歪着脑袋，静静聆听。手机嘟嘟嘟连响三下，有声音传来。

"——喂，阿嬷，还没休息呢？"

那是女儿的声音。老人原想打二儿子的电话，不知怎么回事，手一抖，竟拨通了女儿的电话。老人像捧着个刚出火塘的烧土豆一样，捧着手机，笑盈盈地大声说："喂，喂！妞妞，没什么事，就是想试试手机坏了没有……这手机，它好像有异响……不用，不用，好着呢，你说话就像你人在我面前站着……嗯……嗯，对啊。那个……关于那个事，妞妞你……是怎么想的？"

老人干咳两下，又说："就是，那个……关于我走的时候，怎么走的问题。"

一如从前，女儿一听这话就不干了，语气变得就像从前老人

117

拒绝她去什么地方玩耍时一样严肃。老人甚至觉得，那头的女儿此刻已经把双手叉在了腰上，圆睁着眼，她听出了她话语中的冷硬："阿嬷，您怎么老是说这不吉不利的话呢，现在生活越来越好，可不敢乱想的呀，花谢了明年还会开，人可没有办法回头再过一遍呢！"

又是些听腻了的老套话。老人只得把听筒举到半空中，让它远离耳朵，沉沉浮浮飘在天上，让它跟风说去，让它跟云说去。老人心里清楚，其实她也就这么一问，有她的两个哥哥在，她的后事，还轮不到女儿来做主呢。

他们就是不同意。就像他们父亲走的时候，她劝过他们，不要叫太多人，不要宰太多牛，两三头就绰绰有余。叫上那些个必要的亲朋，一起送行送行就好。可他们并没有这么做。他们依然按照老办法，打倒一头头牛，叫来一拨拨人，招待从十里八村前来的人。听听他们说什么吧：阿嬷，阿达（父亲）他辛苦了一辈子，没享过什么福，可得把他当回事儿呀，可不能冷落了他呀。

人已经去了，眼睛合上，耳朵塞住，已经变成一棵枯草，一片落叶，什么也看不见，什么也听不见了，跟他有没有享过福还有什么关系呢？倒不如让他清清静静地离去，就像出生时那样。而活在世上的人，还有漫长的日子等待着应付，还得柴米油盐算来算去，还得长年累月，像一片片奔波劳碌的云朵一样，随着风飘来荡去。

烟袋就在枕头底下掳着，摸索出来，在黑暗中装上一锅烟，点燃，一股青烟就在火光中冲上天去，很快又消失不见。老人的烟锅明了，暗了，明了，又暗了，就跟相互对着干一样。这烟叶是走亲的人捎来的，耐烧，老人抽得也缓，待火星彻底暗下去，远处的狗吠才东一声西一声响起。老人把烟袋塞回用衣服裤子垫成的枕头底下，又眨巴了一段时间的眼皮，继续让思绪像刚刚被她吐到半空中的青烟一样，支棱着朝四处蔓延而去。狗的吠声渐渐稀薄下去，白光就从窗缝悄悄漏了进来。

床头吊有灯绳，老人不轻易去拉它，那灯泡总是太明亮，晃得她迷糊，总看不见路。她借着从窗缝漏进来的白光，把衣裳披上。院门外朦朦胧胧，笼罩着一层轻飘飘的白雾，空气好像冻住了，凝成一团，又冷又硬，还不通畅。

院门口立着三棵杨树，叶子掉完了，光秃秃的。那棵最笔直粗壮的杨树梢上，缠着一团黑乎乎的鹊巢。那鹊巢筑得相当漂亮，浓密厚实，又圆又大，喜鹊住在上面，肯定就跟人躺在一张舒软结实的大床上一样，还能在上面远眺夕阳下的群山，俯瞰房屋和蚂蚁似的人群。可惜，上面没有喜鹊叫，喜鹊很久没叫了。

喜鹊怎么不叫了呢？

难道喜鹊的叫声也跟很多事物一样，要消失不见吗？这个世界将不会再有喜鹊的叫声存在了吗？老人感到惊骇，恍恍惚惚，一团虚无缥缈的东西包围在她周身，蚕食着她的魂魄。

从长长的路上走过，两旁大多是高大漂亮的房屋，很少出现以前那种低矮歪斜的土坯房。从这个角度来说，日子确实变好了，人们的居住环境得到了极大的改善。在老人还年轻的时候，除了公家和偶尔一两家祖坟冒青烟的人，就没人敢奢望这辈子还能住上那狂风刮不倒、暴雨浇不透，就算从顶上连续泼上七天七夜的大雨，也用不着提心吊胆的砖瓦房。那个时候，出门走在路上，亲朋好友遇不完，再多的烦恼，出趟院门，也就消减了大半。不像现在，芝麻大点心事，只能堵在心里头。那心里头又总是冰天雪地，小心事就像雪球那样，越滚越圆，越滚越大。也不知究竟是因为人老了，还是因为这个世界确实变了大模样，现在的年轻人都拖家带口漂到外面去了，也不知漂到什么时候是个头。

老人不止一次看到，坡下的地一块接一块荒了，丛生的野草张牙舞爪冒出来，一场雨就吞噬了庄稼。老人的心就像被魔鬼的手攥住，额上冒出一层层细密的汗水，嘴里发出了声音："这又是哪家的地？准是讨了个不着调的媳妇吧，草也不知道除……"

其实老人心里清楚，不关人媳妇的事，人媳妇在外面漂着，每年挣回来的钱，比种地多出很多呢。可这地荒了，她就是要埋怨，就是要指责，即便埋怨给自己听。还有什么事能比这地荒了更令人焦灼的呢？老人他们那一代人的根，是地，不是钱，他们要倒腾的也不是生意，而是庄稼。钱靠得住吗？钱不能吃，不能穿，用它来挡雨，甚至不如一片苞谷叶子呢。钱是纸做的，钱靠不住，如果没人照料地，没有庄稼，人上哪儿用钱去换粮食？倘若再年轻两岁，老人非得扛了锄头，下到别人家的地除草去。她已经七十三了，心说不服身体，就连最后一颗牙也在几天前夜里睡觉时，悄无声息地落了，就含在嘴里醒来的，像含着一小块冰糖，只是不甜。她还以为是哪里来的小石子呢，长了脚，跑到老太太嘴里来。掏出来一看，竟是一颗牙。瘦瘦小小的，磨得一点棱也不剩。

老人摊着手，端详了半天，喃喃地说："连一颗像老鼠那样用来刨苞谷棒子的牙也舍不得给我留下了吗？真有你的。”

她不指望还能重新长出新牙，但还是像小时候换牙时那样，站在院里，将那颗牙抛到了屋顶上。牙在琉璃瓦片上当啷啷滚落一截，停在了上面，无声无息，再也望不见。小时候往屋顶扔牙，可不会滚落一截，那时盖的是杂草，牙落到上面，就像落到了雪地里。长辈们撺掇着她说一声“祖爷祖爷，换牙喽”，再把牙扔到屋顶，据说第二天醒来，就会长出洁白的新牙。

老人没有跟祖爷说换牙的事。想到自己不会再像小时候那样长出一颗颗玉米粒似的牙，她感到一阵唏嘘，又让这唏嘘稍纵逝去。人的一生，难道就真这么匆匆过完了吗？多么令人猝不及防。六七十个春秋，有时候竟还没有一天那么漫长。

马洛最年长的老人，是曲木嫫老人，太阳出山的时候，她正坐在院门口等太阳下山。曲木嫫老人八十四了，比她还要年长十一岁。马洛还有好些个跟她们差不多年迈的老人。当年他们一起学习，学的都是扫盲彝文，不像现在的孩子，宁肯花钱学英文也不去学学彝文。听说学习彝文无法让年轻人像学习其他文字一样，能够轻松获得一份工作。她大声对曲木嫫老人说：“老姐姐，您早哇！”

曲木嫫老人抿着皲裂、皱巴巴的嘴笑了，说：“老妹妹……您早！”

“近来，身体是否无恙？”

曲木嫫老人红扑扑的脸上现出笑容，说：“还将就。听年轻人讲，年前，还见您去放牛呢，呀呀，可真硬朗！咱这帮老姐妹中，也就剩下你还能蹦跶几下。”

"不行啦，身不由心，那些牛，跟麋鹿似的，撵不上啦。现在全赶到博里木蒂他姑妈家去啦，但愿等我老的那一天也别再赶回来。我只想清清静静地走。"

又蹒跚地走来两三个老人。她们你一言我一语，开始聊家常。她们聊得很慢，尽量让每句话花费最少的力气，同时耗费掉一段足够长的时间。她们不聊生意，不谈外面的世界，更加关心昨天吃的饭，昨晚做的梦。当然，也免不了要聊聊阴雨天，和现如今的马洛，还有年轻人和更年轻的人。

不知是谁家的鸡，三三两两，迈着沉重的步伐在她们周围转悠，拖长声音咯咯咯地唠叨着，还都是些腿上长着指节长的鸡蹬的老阉鸡。老人不喜欢这些声音，一听到这些跟发愁一样的声音，天气准要变阴。她挥手轰赶它们，可不大管用。其他老人也帮忙一起轰赶。老阉鸡们赖着不走，但也没有再发出那晦气的咯咯声。老人们和老鸡们，终于达成共识，和谐相处。

那只前些日子刚被老人收留的老狗，这时也耷拉着皱巴巴的脑袋，扭动身子来到她们旁边，趴了下来。那是一条流浪狗。死气沉沉的毛发，也不知究竟是黑色还是灰色，它不再强壮，不再好动。老人断定，它准是老了，看不了家，才被抛弃的。老人曾问过老狗："老伙计，你若是自己跑出来的，你就点点头，老太太我赏你一碗汤泡饭。"老人等了很久，老狗没有点头，于是认定，它是被赶出来的。她将中午吃剩的饭倒进一个高脚汤钵里，端到它面前。老狗埋下头，嗅也不嗅一下就狼吞虎咽起来，几大口就将碗里的饭吞光，满足地蹲在一旁。她又起身给它倒了一碗水，说："好东西得慢慢品，像你这个吃法，都尝不到香啦！"

"喏，真是条好狗呢，看看，体形多高大，骨骼多粗壮，它曾经肯定风光无限。"老人们夸它。

"年轻的时候，准是一条乌黑油亮、健步如飞的好猎狗，可惜老了。"

"是啊是啊，没有年轻的猴子，没有漂亮的老人，就跟人一样，狗也有老去的一天。"

如果天气够好，她们每天都会在这里聚一聚，聊的话题经常重复，但没人感到陈旧。如果天气不好，只能各自蜷缩在被窝里，或者火塘边，有时十天半个月也未必能见上一面。

散去以后，老人叫上老狗往回走，途中想起在病床上躺了好一段日子的老头子。年轻时又高大又结实的一个人，怎么到了晚年，往床上一躺，等人们再把他抱起来的时候，竟还没一只老母鸡沉了呢。你说这些骨肉的分量都上哪儿去了呢，怎么消失的？就算是一捆草，手上不也得使点劲，才能抱起来吗？

回头想想这半辈子，老人没让他太过操劳，就让他安安心心地当他的毕摩，东奔西走为人祈福纳祥，家里的大小活儿，她都一肩挑了。按理说，率先被岁月与生活压弯了脊梁，迅速枯萎下去的人，应当是她，然而他却拦不住地先她而去了。

老人在院子外枯草坪上坐下。老狗也跟着重重地趴下。她伸手在老狗身上抚摸着，仰起铺满褶皱的脸，又望见那个搭在树上的鹊巢。她歪着脑袋朝树梢上斜睨，一斜睨就是小半天。她把手支撑在地上，笨重地起身，摇摇摆摆地走近那三棵杨树，歪了脑袋，把手遮在眉上，更加仔细地往上打量。打量片刻，提起右脚，对着那棵粗壮的杨树干一下一下地发力。杨树似有若无地晃了晃。又晃了晃。她不确定究竟是树晃了，还是她看花了眼。她很快就感到乏了，停下来，撮着嘴，开始朝树上学喜鹊叫，喳喳喳，喳喳喳。

突然多了几个手里拿着云雀的小孩在一旁围观，看了一会儿，他们酝酿出勇气来了，问："奶奶，您这是在干什么？"

"奶奶，您是不是要把鹊巢摇下来呀？"

老人瞥了小孩们一眼，说："好端端的，摇下来干什么？"

"摇，摇下来……给我。"

"什么都想要，那就是树枝织的。喜鹊一嘴一嘴织出个这么漂亮这么大的巢，容易吗？"

早些时候，老人经常听到树上有喜鹊在聒噪，吵得她睡不成觉，吃不好饭，于是她骂喜鹊："傻鸟，不干活不睡觉，吃饱了没事做，整天叽叽喳喳，没完没了！有这劲，上地里头除草去啊，地都荒完了，不长眼睛吗？"

一不留意，真有那么一段日子听不见这聒噪声了。老人背着手，撇撇嘴走开，愤愤地自言自语："这些个傻鸟，骂你几句，怎么还真不叫了呢！难道你们是皇帝老儿吗，还说不得？"

偌大一座砖瓦宅院，就老人和一条老狗、两只公鸡、三只母鸡。儿孙儿媳们找钱的找钱，读书的读书，离马洛远远的，她估计，得有十万八千里。通常情况下，只会在过彝族年的时候才回来一趟。已经好些年这样了。他们刚出去那会儿，老人还不到六十五呢，想想，那时真算不得有多老。看他们拖家带口要走，老人赶着牛羊，爽利地对他们挥挥手，说："走吧，走吧，家里有我和他爷爷，什么差错也出不了，倒是你们，出门在外，一定要照顾好自己。"当时的计划是，等修了房子就回来，谁知砖瓦房立起来以后，大孙子也跟着长大，得给大孙子张罗房子、媳妇了，他们又继续留在了外面。等给大孙子修了房、娶了媳妇，二孙子的嗓门儿也变了声。老人在世上这一点点岁月，怕是无法回到以前祖孙三代团圆，其乐融融的时候了。

她失落地瞥了一眼老狗，说："所以，人就不能想太多，想多了不顶什么用，光是伤脑筋。"

那四只鸡是她和老头子一窝养大的，多少次差点卖掉，最终都没有出手。公鸡报晓时，还能解解闷；母鸡下蛋用，哄一两个小孩到院里来，听她唠叨唠叨彝族神话传说，看她把鸡蛋轻轻敲碎了，倒入一碗清水里，学着他们爷爷的样子，持一柄艾叶，占卜未来。无非就是预言他们的父母什么时候回来，回来的时候会带些什么东西给他们，见了他们，第一句话会说什么，第二句第三句又会说什么。当然，老人还会在小孩们大哭的时候"泄露天机"，让他们知道他们将会成为多么令自己满意的人，他们将会在怎样的地方如何生活。

令人看到阳光，令人看到希望，令人不再畏惧黑暗与死亡，不就是一个合格的毕摩从凡人变成毕摩之前就应怀有的夙愿吗？当然也正是一场法事的种子。老人这么想的时候，突然就明白，应该如何去占卜算命。

老人搬个小板凳，坐在院里，仰起头，望向院子斜上空树梢上的鹊巢。那地方枝丫横七竖八，很不规则。鹊巢却真是一个好巢，乌黑、庞大、浑然天成，不知喜鹊花了多大的精力多长的时间，才将它筑成。可惜它太过安静，一点动静也没有。应当有那么一两只喜鹊在枝头跳来跳去，摇头摆尾地发出叽叽喳喳的鸣叫声。如果是一整窝喜鹊，那就更加热闹，更加喜庆了。老人不会嫌它们吵，就算她从树底下走过时，喜鹊拉下一坨粪来，正巧像只黑蝙蝠一样晦气地糊在她的脸上，她也不会再发出任何咒骂声。不说喜鹊，就连麻雀、画眉这样常见的鸟，也销声匿迹了，就跟商量好了，要集体失踪一样。

难道，它们存心要联合起来急我老太太？不就那天心情烦躁，一时没有把住嘴，说了它们两句吗？这心眼儿也太小了吧，还不如针眼儿大呢。

老人踩着公路上坚硬的沙砾，拐上小路，朝山上走去。她尤其喜欢在天亮或天黑之前到这里来，独自观看世间万物在光芒的调和下，一点一点地发生变化。山上的鸟也稀稀拉拉，很少见，明显不比往年。这年头，还真有些邪性，有些东西哗啦啦一下涌现，又哗啦啦一下消失得不见踪影。爬到半山腰，额上冒白气，眼前冒星星，心情却开朗了许多。老人在坡上坐下来，一边抽烟，一边端详马洛。阳光下的马洛泛着一股清淡的血红，看着看着，血红涨潮般漫上来，越升越高，越来越红，渐渐淹没了土地、石块、院墙、房屋，眼前的世界像是落进了一池春水里。

马洛人的院前栽得最多的树是杨树，挺拔，结实，直指蓝天，就是叶子太容易掉落，像一个个饱经沧桑的老人，不知不觉，头发也就掉没了。往些年，每三五棵杨树上就会有一个鹊巢，这两年鹊巢越来越少。还好她家的杨树上仍然留有一个，老人一眼就能看见那个巢，它牵着老人的目光。此刻，老人希望能看到树梢上会有叶子一样的东西飞舞，最好顺时针绕或是逆时针绕，绕个没完没了。

　　老人的身后是一片松树林。松针像雪花一样扑簌簌落下，黑森森的林中静悄悄的，没有一只鸟儿跳跃，也没有任何动物的脚掌落到松针上，甚至一丝风也不曾经过。眼前的世界，宛如水池里晃晃荡荡的倒影。老人对旁边的老狗说："你说，像它们那样，可以自由自在地在天空中飞翔的鸟儿，怎么也那么小气，非要跟我一个老太太计较呢？"

　　"唉，我是真的老了，没什么用了，这样吉祥圣洁的鸟儿，也要去咒骂。"

　　老人很沮丧，像受了委屈的孩童。

　　"等到天黑，它们总得回巢里睡觉吧？它们又不是蝙蝠，总不能倒挂在岩洞里过夜。"

　　等到天完全黑透，喜鹊也没有回巢。老人病恹恹地回到院里，坐在小板凳上，让自己悄悄地融到黑暗中去。烟锅一明一暗，四下一片寂静。除了烟草燃烧的窸窸窣窣声，就剩她吐青烟时粗重、低沉而又绵长的呼声在回荡。一如她年轻时为了逃婚，在一条黑暗的、没有尽头的山路上一直奔跑下去时听到的心跳声和呼吸声，还有贴着耳朵呼啦啦往后飞去的风的啸叫。她的反抗是值得并有效的，她如愿和那个跟她一样不认命的男人走到了一起。这一切早已远去，早已飘散在风中，现在，她更关心喜鹊，更关心喜鹊为什么没有鸣叫。

　　"也许，喜鹊飞得太远了，还在赶回来的路上吧。"老人这样告诉自己。

　　鸡们早已叽叽咯咯跳上木梯，把脑袋插进翅膀里睡下了。开始，那条老狗还陪她枯坐，到了后来，老狗也紧挨着她，在墙根下进入了梦乡。老人在黑暗中喃喃自语："睡吧，睡吧，老伙计，跟着老太太东奔西走，是该困了，实在对不住。"

老人不知道自己怎么也打起了瞌睡，颈项一软，脑袋一歪，低沉的鼾声就从鼻孔里钻了出来。鼾声像波浪一样，起起伏伏，悲悲喜喜，一次次把老人从困顿中湿漉漉地打捞起来。她迷迷糊糊地抹一抹脸，半闭着眼摸进屋子，爬上床铺，倒头酣然大睡。

老人做梦了。

梦境里，老人看见对面的山坡上坐了一个人，灰褐色的石头一样，一动不动。荒野无边无垠，在她背后铺展开来。这人双眼污浊，活像一潭快要干涸的湖水；历经风吹日晒，皮肉业已枯萎，皱巴巴的，现出令人惊心的骨架。就这么望过去，这个人的身体更像是五六根乌木干柴草草搭在一起组成的，就跟一把秋后的野草一样，似乎只需轻轻划燃一根火柴，就能将其毕毕剥剥地点燃，不消一锅烟的工夫，就会永永远远从这个世界上消失。

看着看着，不知怎么回事，一恍惚，那个人就成了老人自己。她变成了树，一棵苍老的不知名的参天大树。可她的躯干并不粗壮，它纤细，枯藤一样瘦长。枝条虬曲蓬乱，叶子尽数凋落。老人的双腿成了根须，伸张着匍匐在地，揳入坚硬的黄土、岩缝。飞鸟一群一群呼呼啦啦飞来，叽叽啾啾鸣叫，云翳一样从头顶掠过。有时，它们也会啪啦啦落下来歇脚。野兔、羚羊、猴子、雉鸡、麋鹿……在她身旁蹦蹦跳跳，寻寻觅觅，一派悠然自得的模样，完全没有把她当成昔日的躲避对象。远处立了些杨树、马尾松、洋槐，光秃秃的树梢上缠了一团又一团黑乎乎的鹊巢，就是一只喜鹊也没有。世上所有的飞禽走兽都发出了各自的声音，就是没有喜鹊的鸣叫。

天空黑乎乎的，像个巨大无比的锅，沉重而稳固地从四面的大山顶上压迫下来。乌鸦成了天空的使者，在阴云中穿梭、盘旋，一圈又一圈，远远地传来晦气的哇——哇——

一个激灵，老人醒了过来。

她一睁眼，就和窗户漏进来的白光狠狠地撞在了一起，她伸手撩开那块红布，见老天阴沉着脸，好像要跟谁过不去。天阴了，难怪夜里会做奇奇怪怪的梦。每次天变阴，总会使她身体不适，身体一旦不适，光怪陆离的梦也跟着来了。

院外的鹊巢上还是没有喜鹊叫。

天阴不到三日，曲木嫫老人就去世了。据说是跟着一阵风走的。晚上被风一吹，身体有些烫，到了凌晨，眼睛就闭上了。曲木嫫老人的葬礼排场很大，宰了不少牛羊，十里八村认识的不认识的都前来参加，浩浩荡荡，集市一样，令人心慌。牛头羊头石块一样垒在石墙上，层层叠叠，那些生灵的眼睛还没来得及闭上，正直勾勾地盯着老人。见它们睁着眼，张着嘴，好像有话要讲，老人悄悄俯下身去倾听了一番，却什么也没听到。

当地有个说法，殁世者走得愉快，葬礼中天空就会放晴。这几天果然日日艳阳高照，结束了之前阴云笼罩的日子。老人坐在院里，被太阳晒得头晕眼花，有些心慌，有些胸闷，呼吸困难。老狗吐出舌头，蔫头耷脑，看起来也热坏了。老人说："哎，你说，这季节了，哪来那么大的太阳？"

"当真是曲木嫫老姐姐的功劳吗？人殁的时候，真有那么大的能耐？"老人两眼发光。

"哎哟，你这老伙计，怎么一天到晚睡不够？总有一天，有你睡的，到时再想起来，可就难咯！"

"照这样说，等到我殁的时候，也会有这个能耐，是这理不？"

老人抬手遮挡出一块巴掌大的阴凉，仰头斜睨太阳，太阳的腿脚银针一样落下来，直直扎入她的瞳孔。那个鹊巢又在她的眼前出现了。这么多天过去了，喜鹊怎么还是没叫呢。她对老狗说："看来，喜鹊是不会叫了，喜鹊真的消失了。"

老狗伸出舌头，软绵绵地舔了舔她的手掌。她说："你说，它们千辛万苦，一嘴一嘴，好不容易筑了这么好的巢，怎么却又消失不见了呢？"

"我老太太也就是嘴碎，爱唠叨，可心里一点也没咒过它们。它们又不是老太太，怎么能跟老太太一样爱计较？"

"唉，你听不懂我说的话，我也听不懂你的回答，算了吧，算了，不跟你说了。"

老人拨通大儿子的电话，假装咳了咳，清清嗓子，说："由子啊，你可知道，院前有三棵杨树？"

大儿子可能又在忙，说话有些抢："知道……杨树嘛，知道的，杨树怎么了？"

"那棵最高大的杨树上有个鹊巢，筑得非常非常好，又大又圆，乌黑乌黑的。"

"嗯，确实很漂亮。"那边说。

老人问："你见过？"

那边说："见过的，见过。阿嬷，您……您有事吧，说嘛，我在谈事情呢。"

"上面的喜鹊不叫了，已经很多天没叫了。你说这喜鹊怎么不叫了呢？是，我那天是说了它们几句来着，可我，我……"

"过几天吧，过几天就叫了。天气越来越冷，小龙都感冒了，您也要注意着点。我这边还有朋友在等我，要是没别的，就先这样了哟？"

老人嗫嚅着："没有别的，没有别。"

挂了电话，老人又给二儿子打电话。二儿子似乎正在干体力活，也有可能正在睡大觉，听老人说喜鹊不叫的事后，说："兴许是天冷，冻着了，没精神叫唤了呗，叫不也得有那个力气不是？"

老人说："不对呢，不管是大晴天还是大阴天，喜鹊都不叫了。唉，你说它们辛辛苦苦筑了个这么漂亮的巢，怎么又都不见了……"

老人絮絮叨叨，说个没完，那边一反常态，一直没有因为什么事务而挂断电话。说着说着，手机听筒里传来了轻微的鼾声。二儿子睡着了，老人想，他想必是倦极了，人只有在非常疲惫的情况下，才那么容易睡着。她蹑手蹑脚地挂了电话，就好像不小心能把电话那头的人吵醒似的。

给女儿打电话，女儿说："阿嬷，您一定是一个人孤单了，怎么突然想听喜鹊叫了呢，以往不是烦它们吵吗？阿达一走，日子更不好过了吧，要不我让孩子他阿达接你到博里木蒂来住一段吧？"

老人赶紧说："没有，没有！我怎么会孤单呢，我好着呢，跟他有什么关系？我哪儿也不去，这里是我的家，我哪儿也不去。"

"那我托人给您捎个放歌听的吧，您不是爱听口弦和好嗓音的山歌吗？我让您外孙把歌声都装到里面去。"

老人长长地叹口气，说："算了，我老了，不比当年，再也听不动啦。"

其实，打电话给谁又有什么用呢，喜鹊还是不会叫的，儿女们也无法让喜鹊叫起来。老人知道她是老糊涂了，不中用了，有时候就是管不住自己，管不住自己的心，管不住自己的眼，管不住自己的手，管不住自己的耳，还管不住自己的嘴。一切大抵都是上天注定的，这断子绝孙的天，它早已做好了安排，你是钉子，就得在木头上，你是灯泡，就得白天歇着夜晚发光，你是喜鹊，它让你别叫，你就是想叫也叫不成。尘世间所有的生灵都一样，被困在已经固定好了的条条框框里，用自己有限的生命不断重复着历史，然后让这个地球的血液接着循环流动起来。喜鹊如此，儿女如此，老狗如此，鸡们如此，小孩如此，她这老毕摩的遗孀同样如此，在葬礼中像苞谷秆子被砍倒一样，被打倒的牛羊们更是如此。

这是那天清晨醒来，老人看到小孩们手中已经死去的喜鹊以后，总结出来的。

那天清晨，老人搬了个凳子坐在院里，仰头望着树梢上的鹊巢，盼着喜鹊的叫声响起来。隐隐约约，耳畔有悦耳的喳喳声响起，老人起初以为听错了，不敢相信自己的耳朵，直到那叫声越来越真切，越来越接近。她的眼睛亮了，汗毛直立起来，肌肉正在膨胀，心跳快得像是被强烈的灯光给晃住了眼。她迷迷糊糊站起身，来到门口，不见喜鹊，却见几个小孩的手里拿着一对已经死去的喜鹊，正在相互挑逗。他们把喜鹊的尖喙抵在一起，学喜鹊叫。

小孩们告诉老人，他们是在地里头拾的喜鹊。她认为喜鹊不是冻死的，就是被打了农药的农作物药死的，或者先吃了被药死的虫子，又被霜冻住了。可这荒野似的地，哪还有什么农作物呢？谁知道啊，谁能知道，除了天，没人知道。也许这地荒得什么都不剩，成了沙漠，就是不缺农药，也说不定。

难道是因为那天我老太太骂了它们，让它们到地里除草去，才让这对可怜的喜鹊跑到地里头，白白送了性命？——天呐！

老人打着寒战，感到心脏发紧。

一个老人能在自己的葬礼中让天气变晴或者变阴，那么，让树上重新出现喜鹊，并且让它叫起来，岂不是一件更容易办到的事？老人开始喃喃自语："谁愿意管那断子绝孙的天呢，我老太太宁可让树上有喜鹊叫。是的，我宁愿管管喜鹊。"她把老狗，还有那几只鸡都招呼过来，"来，来来来，你们都过来，老太太耽误你们一会儿。跟你们商量个事啊，你们有话，只管表态，不表态的，我就当作默认，同意了。听清楚了没有？"

"事呢，是这么个事——唉，其他就不说了吧，就是说，我打算为自己办一个丧礼，对，提前给自己办，自己给自己办。这事始终是要办的，早早晚晚都一样，还不如就在自己的手上，自己的眼下把它办了。我的丧礼越简单越好，不宰牛不宰羊，也不请任何一个无关紧要的人……这些都不是问题了，现在我的问题是，这日子，应该定在哪一天？"

老狗抬起头望了望她，没有说话；公鸡昂首挺胸踱步，这时低头啄了啄水泥地，没有表态。只有两只老母鸡咯咯咯咯地发出了声音。老人说："你们老姐妹俩也认为应该选在一个大晴天吗？"老人一拍大腿，"聪明！我也是这么想的。这样一来，天气还是大晴天，喜鹊也照样叫，两不耽误！"

老人把时间定在一个据说会阳光灿烂的日子里，然后开始打电话，一个一个通知，通知她的老姐妹、老相识们，告诉他们日子，邀请他们到时来家里相聚，吃个便饭。老人想要通知的人原本将近二十个，但许多已经不在人世了，又有好些到处打听不到信息，或找不到他们后生的电话。扳着手指头数下来，打通电话并成功邀约到的，还不到十个。当然，这里面没有他们的儿女们，她只邀请从他们那个时代过来的老人，这个聚会，与后生无关。令人惊喜的是，太阳落山前，附近三四位老太太已匆匆赶来，说早就想聚上一聚，择日不如撞日。而明天，还会有更多老人从四面八方赶来。

晚上，月亮窸窸窣窣爬进屋来，出门一看，好圆好大的月亮，多少年没见过这么明净的月亮了，乍一看，差点以为是太阳升起来了。白晃晃的月光银子一样，将房屋、墙壁、窗框、台阶、甬路，涂抹得熠熠生辉，使老人有些睁不开眼。她久久地站在院里，用眼神细致地抚摸一切：青灰色的砖墙，线条流畅雅致的屋檐，整洁的瓦片；三合土院子，两米宽的甬路，牛栏；柏木木板拼接而成的大门。大门上是被手磨得光滑明亮的门把、挂锁。

老人摸索着跨进房里，一下就跌入了梦乡。梦乡里只有白，白得耀眼，白得令人舒心。散发出来的却是一层又一层的金黄色的光芒，像皑皑白雪上空悬挂着的金色夕阳。余晖中，飘浮着一团鹊巢，又大又圆，又厚又黑。

鸡叫的时候，老人的手机里打进了很多电话，一个接一个，一个才刚接完，另一个又拨进来，但手机一直在老人的厢房里响着，跳着，就是没人搭理。留宿在老人家中的老太太们去查看，门没关，虚掩着，轻轻一推，"吱呀"一声开了。她们没有看到老人。她们发现，老人没在里面，她在公鸡第一次报晓的时候，消失不见了。那像鹊巢一样团团圆圆包围起来的床铺上，空空如也。她们伸出手去探了探温度，余温尚存，正在消散。院门外杨树上有喜鹊在叫，一声比一声清脆响亮，一声比一声悦耳动听。

老人们笃定地说，她仙化了，那只喜鹊就是她，她化作一只喜鹊，跃上了枝头。

风雪
夜归

青烟笼罩着老人的头颅，像云雾在光秃秃的山脊迷了路似的缭绕。他正盘着枯藤似的腿，端坐在一片肃杀的山坡上，吧嗒吧嗒地抽一袋旱烟。烟雾一口接一口，从他的嘴里喷涌出来，交织缠绕着滚滚而上，飘到锅底般黑乎乎的天空中去了。斯菲戈洛的小学已经合并到十里外的洛鸠小学，只剩下一片断壁残垣。不消细数，老人心里十分清楚，他已经在这里当了半辈子教师。如今，也算告老还家，就此安度晚年。

　　家中鸡也喔喔，狗也汪汪，让他恍惚觉得还立在讲台上，清清嗓子，收收胳膊，扬起手来准备维持课堂秩序，讲点什么，方才茫茫然回过神，意识到已经离开学校，正在家中的院里等待死神前来敲门。不出两月，老人发现斯菲戈洛几个原来在上学的孩子现在失学在家，或放牛养马，或看家守院，或摆动柴火棍一样的四肢，跟在大人或者驮运粮食的马匹后头，参加体力劳动。大人和马匹高大健壮，小孩却弱小得像条狗的影子。老人睁眼闭眼间全是烦恼，弄得有些茶饭不思寝食难安的意思了，于是有天，他捉住一个孩子，问道："图拉呀，新学校那么正规、漂亮，学杂费又有减免，你怎么没去上学？"

　　孩子低下皲裂的花脸，熟练地挥一挥枝条，轰走牛腹上嗡嗡喧哗的苍蝇，轻声回答："家里需要帮手，不能去住校。每天来回跑，又太远了。"

老人皱皱眉头，若有所思地点点头，退回。择日，又到邻村探寻情况，果然大同小异。

那是二十一世纪初的某年，满山满谷还是仲秋的颜色，老人背着手，在自家院子东瞅瞅，西看看，他感到十分满意，一次又一次地点头，明亮的棕色瞳孔里透着暖洋洋的笑意，面色变得通红。这院落是爱人和孩子们给他留下的念想，这些年，除了几只老公鸡和一条老狗，就剩这院落陪他度过那漫长的春夏秋冬。他做了个决定，打算在这里做一件力所能及的事。他相信这将是他在人世间做的最后一件事。

老人来来回回，往镇上、县城里跑。丽日在蓝天上画着弧线，慢慢游移，他心情大好，脚下生风，仿佛年轻了十岁。在乡里、村里东奔西走，几乎磨烂了他脚上那双军绿色的劳动布鞋，终于在一个金色的傍晚，他将这座破破烂烂的院子修缮成了他所熟悉的模样：七八张伤痕累累的桌子和七八条爬满裂纹的条凳，还有一块端端正正地挂在桌凳前方的小黑板。桌子、凳子与黑板由木条、木板、帐篷和黄土包围着，粗略地遮去了风霜，挡住了雨露。

老人找了块布料，在煤油灯的映照下，一针一线地缝补磨烂的布鞋和撕裂的裤脚。老人扭动腰肢，站在阳光下，扬扬自得地对自己说："那就……铺张浪费一回吧，兹当是庆祝！"

他进了屋，从麻袋两角抖出最后一把米粒，在锅底点燃松针，慢慢熬粥。粥吱吱叫唤着潽出锅，扑灭三块通红的炭火。院里飘出拦不住要往人鼻孔里钻的香气。老人蹲在门口，皱着沟壑纵横的额头，变作一头饮水的老黄牛，吸溜吸溜地喝，浑浊的大眼鼓瞪成一对灯笼。鸡昂首磨蹭过来，狗蹲在身前巴望他的嘴。

他没有全喝掉，留出一半，大部分给了鸡和狗，剩下两勺浓稠的粥，舀将出来，涂抹在一张泛黄的大白纸背面，将其张贴到了院墙上。纸上赫然写着"开学通知"等一众大字。他退出几步，背上手，歪着头，看了好半天。

目及之处，是瓦蓝的天，一丝云也不挂。老人说："唔……真是个好得没话说的日子啊！"

他搬出一套桌椅，端放至大门口，又在桌面摆上一本工作笔记、一支竹笔、一瓶"红岩"墨水，将院门向呼啦啦的秋风与世人大大敞开。

一只，两只，三只……麻雀在屋檐下喳喳噪叫。

公鸡将浮土刨成浅坑，栽倒躺下去，眯缝着眼接受秋阳的洗浴。

身后的杨树旗杆悄无声息，指向蓝天。一面泛白的红色小旗子，在半空中半卷半舒。

邻家的小黑猪哼哼唧唧，一路寻觅，东拱拱西闻闻，惊得公鸡、麻雀奋力拍打翅膀，上蹿下跳。远处有老黄牛驻足坡上，仰直长脖子，发出哞哞叫声。

红彤彤的夕阳遭支出地平线的山峰活生生吞没。

一天就这样过去。两天也如此。三四天或七八天不过是同一对爹娘诞下的孪生兄弟。

老人的纸和笔终于在一个清晨得到了用武之地。他一笔一画，如雕花刻字般，记下这名儿童的姓名、年龄，及家庭住址等信息。实际上，他认识这名男童，知道他家住哪儿。那是个腿脚不利索的孩子，生来如此。他的父母当年也在老人的课堂上坐过一段日子。他记得很清。

这是他招到的第一个学生。

老人吹熄了煤油灯，躺在草席铺成的床上，凝视着眼前无法洞穿的黑，上下眼皮不断扭打在一起，不断弹开。粗略回想一下这一生，也就做了两件事：一是和爱人一起把孩子们迎接到这个世界，塑造他们成人，再一一送他们离开；另一件事，就是当教师。民办教师也好，代课老师也罢，总之就是把肚里那点儿东西一遍又一遍地倒出来，摊在黑板上，任小孩们凭各自的天资随意拣拾。

五天后，老人招到第二个学生。这是个口吃的孩子，说一句话，要费好半天。两周后，他已经有四名学生。

最小的八岁，最大的十五岁，其中三个有不同程度的身体缺陷。无论大小，编进一个班，从一年级教起。只设三门功课，分别是彝语文、汉语文和算术。

老人带着这四个学生打扫卫生，分配座位，集合到院里，用沙哑的嗓音唱国歌，把旗子升到空中。再从自己的屋里，把新书抱出来。不到半支烟的工夫，课本发完。学生们拿着崭新的课本，哗哗哗翻着找图案观看。嘻嘻哈哈，交头接耳，就要把课堂搅成一团稀泥。老人抬手制止："安静，安静了孩子们——"

布条绑成的黑板擦，在桌面上敲打着，咚——咚咚——。粉末在眼前的光柱里飞舞。

四名学生相继安静下来。老人拿着作业本交代："作业本，用完了不得扔掉，不得撕掉。看着，要像这样，翻过来，在背面重新写上科目、姓名，一页页往下写。听明白了没有？如果不明白，要举手发问，不允许张嘴就来……"

　　四个孩子乱糟糟地抢答："知道了！""明白了！"

　　这天又来了一名新同学。也就是儿时的我。那年我八九岁的样子。

　　他——也就是我，是隔壁卫生所医生的次子。传言他在区中心校小学读了三年书，还没有学会三十个汉字，他父亲好说歹说，校方始终认为，学校除了能给他带来痛苦，实在给不了别的，就只好让他留在了父亲身边。这时也被他父亲拖拽着来报名了。记得当年我惊恐万分，像猴子一样用四肢箍住父亲的双腿，哭得撕心裂肺，涕泗横流，还是无济于事。

　　老人手中的粉笔在黑板上飞舞。他出了一道简单的分数加减法，让这个孩子给出答案，就当是摸底。这个少年的答案让老人觉得不可思议。其他同学做错题，通常一眼就能看出症结，他的错，却像一块被风扬到半空中的塑料袋，随心所欲，毫无章法。

　　医生的儿子仰着红扑扑的脸，望着老人，眼里充满了某种渴望。老人眯眼笑了，朝他竖了竖大拇指。医生的儿子两眼发光，脸上的渴望化成一片灿烂的笑，尖叫着朝他父亲奔跑而去。这是他在学校里首次得到赞扬。

　　就此，老人有了五名学生。

　　他带着这五个学生正常上课，简单来说，就是教他们认字，练习算术。同时，还利用周末或放学时间，到附近的村落走走看看。他不想让任何孩子荒废在家。怎么说呢，这段学习生活对我来说不差，充实而美好。老人很沉默，同时很慈祥，从来不对出错的学生发脾气。

不知何时，杨树上的枝条败光了叶子，风中的凉意变成了寒冷。未留心冬的到来，却和隆冬撞了个满怀。

天刚破晓，将明未明，老人披上灰黑色的羊毛披毡，带上干粮，从院里噌噌地踩碎严霜打过的僵硬浮土，走将出来。寒风凛冽，吹到脸上，像皮鞭，把人当成了牛马。

老人爬到山腰上，回首山麓，见炊烟正顺着杨树树梢袅袅升空。稀稀拉拉的一片树林中，东一簇西一簇，横着几排低矮、灰暗的夯土房。那就是老人从小生活的地方。他的祖祖辈辈，他的血泪与荣辱，一切一切，都在这里降生与安息。它拥有着和大山一样灰不溜秋，亘古不变的面庞。

在众多夯土房的映衬下，老人那并不突出的院落格外显眼——那是那五个孩子的学堂。在老人眼里，它会发光发热，令人灼目。院中那杆细短笔直的杨树旗杆顶端，红色旗子正猎猎飘荡。隔得这般远，他仿佛也能听清。老人感到眼前一片豁然开朗——有了这学堂的陪伴，低矮、灰暗的夯土房，也在顷刻间显得完整而灿烂，发出蓬勃的朝气。

老人收回目光，继续往上爬。层层叠叠的皱纹里，绽开了波纹样的一圈圈喜悦。他的腿脚摆动起来，像踩在天边的云彩上，轻巧得不像样。

他敲开了一扇又一扇的大门。一条条黄狗理直气壮地蹲在院中，恶狠狠地盯着他，龇牙咧嘴，粗实的铁链子快要挣裂。

有人说："在家门口上学，倒是不用住校，可您这……这……只能到三年级，管什么用呢？"

老人说："先读完三年级，再到乡镇上接着读嘛。只要先把三年级读完，就算将来不接着读，也能记个人名、算个算术，不至于两眼一抹黑。"

又有人说："明知不会读下去，更知不会有什么好前途，为啥还白白糟蹋这三年光景呢！"

老人大口出气，摆摆枯瘦的手："不糟蹋，一点儿也不糟蹋。学一天，就有一天的收获，将来就算卖头猪、坐趟车，都能用得着。到了那时，孩子们会明白，上几年学，受用半生……"

不全是提出疑问的人，也有人认同他的说法，说："是有道理。书还真得读，没上过学，就跟闭着眼在路上走没啥两样。等孩子大点，就送去上学。"

老人笑盈盈地点头："正是。"

路边几个年轻人围坐在一起，你一口我一口，抿一瓶散装的白酒。他们在酒精的怂恿下，开始无法无天地高声喧哗，制造噪声。老人想起自己年轻的时候，虽不爱酒，却跟他们一样，精力充沛。那时，他还是一个年轻力壮的小伙，为了能教上书，焦头烂额，东奔西走。二三十个春夏秋冬就这么在眼前，呼啦一下，一晃而过。年轻的时候，走再远的路也不会感到腰酸，不像现在，总是身不由心。

老了。他想。人没有办法阻止肉体衰老。没有跟着一起老掉的，就剩这一颗活蹦乱跳的心。那句话怎么说来着，噢对，老骥伏枥，志在千里。

老人沿着弯弯曲曲的山路，翻过一座座小山，穿过一片片松树林、野草丛，又到了落烈子、宪茨基莱、马洛、日机莱。饿了，从军绿色帆布挎包里取出搪瓷碗、竹子截成的筷子，捏一团燕麦糌粑，哆嗦着吃；渴了，接上一碗刺骨的山泉，摇晃着头颅饮；累了，找个小山坡或一块青石板，浑身瘫软地坐下来，仔仔细细地抽掉一袋烟，解去疲乏。

　　可以去的地方他都去了许多遍，但一个学生也没有招到。无数个日夜过去，他还是没有再招到任何一个学生。

　　他坐在一块青石上，唧唧唧地在鞋上磕烟袋。从身旁撅起一根枯草茎，伸进烟锅，捣出烟屑，又在腮帮里憋着气，噗噗地暴发出气流，喷出残余的烟屑。已经是傍晚时分。他颤巍巍地站立起来——身子佝偻着，怎么也无法抻直了。仿佛在这一个白天里，他就整整老去了十岁。他踏着军绿色的劳动布鞋，蹒跚地往回走。没走几步，天上飘飘洒洒地下起了鹅毛大雪。

　　雪花在阴森森的天幕上飘下来，一大块一大块地落到他秃了顶的头上，盖住他苍老的脸庞，再化成冰水，挤进他那山沟样的皱纹里，冲卷着积攒了一整天的尘垢。

　　老人佝偻的身子在飞雪中越走越小，越小越驼。他脸上的皮肉也嚓啦嚓啦地松弛着、枯萎着，就像一棵老去的参天大树。

　　黑夜庞大的身躯像俯冲而下的鹰鹞，在山上笼罩了下来。

　　雪越下越大，纷纷扬扬，正如那筛子底下的面粉。风放肆咆哮，犹如无数头怪兽一齐亮出血盆大嘴。碎棉絮似的雪花斜仄着身子，大片大片地从铁铅色的高空中继续抖落下来，很快，就在山野上堆积了起来。

荒野的路被雪映亮，白茫茫亮堂堂的，仿佛是月亮被有能耐的铁匠拖拽下来，锻打铺陈在了这大地之上。

老人经过有人居住的地方，路面变得更加明亮。也不知是从什么时候开始的，这里的人，不再使用煤油灯，家家户户安上了通亮持久的电灯泡。他明明记得，破晓前出门，他还在使用一盏煤油灯。那盏灯燃得很旺，他吹了好几次，才成功将它熄灭。

野地里积起了厚厚的雪，老人的鞋子落到积雪上，踏碎积雪，发出"咕咕"的声音。两只鞋印在他身后向看不见的远处延伸而去。

低矮、灰暗的夯土房在今夜的风雪中变得高大、明亮，分明成了那用上等青砖砌成的大房子。以往的烂木板、碎瓦片、破胶布、朽野草，已荡然无存。薄雪的覆盖下，是暗红或湖蓝的琉璃瓦片。

十余载时光，就在这一场风雪之中倏忽而过。清晨从十年前出发，到了傍晚归来，却已是十年之后。这条路并不遥远，但他走了足足十年之久。

老人清醒着，又感到糊涂。他没有伸出手来触摸自己的头发，但清楚它们全都白了，雪花似的。他的脸颊成了一块存封多年的老土豆，分明不再是清晨出门时的那副模样。再捋起那山羊胡一看，长了，稀了，原来混生的棕色，也全白了。

惊愕。不可思议。有些恍然若梦。

依稀记得清晨出门去招生，怎么到了晚上，发白了，人老了，乡亲们的房屋院落也都焕然一新了。一切仿佛在跟他老去的肉身擦肩而过，往相反的方向疾驰而去。他不相信世上会有这种奇遇，可眼前的变化实实在在，看得见摸得着，很难找到继续怀疑下去的有力理由。

看看吧，就连那条蟒蛇蜕皮一样坑坑洼洼地匍匐在山间的公路也变成了宽阔、平坦的水泥路，还围上了银色的钢护栏，远看像一条银色的巨龙盘踞在山间。那公路旁，都是一座座用角钢搭建起来的庞然大物，高塔与高塔之间，连着密密麻麻的、叫人望而生畏的高压线。记得清晨他经过这里时，山顶上还是光秃秃的，什么也没有，怎么短短一个白天下来，就凭空长出了这么多犄角来？

这一座座高耸入云的钢塔可不是三五天就能搭建起来的，何况这大山之间的钢塔已排成了长龙。

真是见鬼了。比见鬼还让人难以置信。

老人听着自己扑通扑通的脚步声，想起他的学生们，想起那五个因为跟别人不同而失学在家的孩子，莫名有些感伤，也有些感动，老泪就湿漉漉地淌在眼窝里，成了一片沼泽地。那院里，分明已经没有课桌、条凳、黑板，除了一片颓圮，没有留下一丝痕迹。他隐约感觉到，学生们都已经长大成人。然而他却怎么也想不起来，他们后来都怎么样了。

老人猛然醒悟——他明明才招了他们，给他们上了不到一学期的课，怎么就都长大成人了呢？这玄虚令他冒出了细密的汗珠。

烈风像个得寸进尺的顽童，越刮越来劲，呼呼啦啦，让雪花们酩酊大醉，东倒西歪。老人的袖子和肥裤子翻涌成浪，白胡子和白头发是那猛烈飞舞的柳条。老人像个喝醉了酒的舞者，静默地在这风雪中狂舞。

远远地，老人看到了斯菲戈洛。

那些稀稀疏疏的白杨树已经长成了高大的密林，夯土房已经被挺拔明亮的青砖房替代。家家户户都盖上了琉璃瓦，点上了电灯。只有他那破败的院落，一如往昔，仍然挤在众多砖房与杨树当中，弯腰驼背，灰头土脸，显得那么不起眼。

老人复又眨了眨眼，揉了揉眼，可这幅画面并没有在他面前消失。它们真真切切，明明白白，牢牢生长在了山麓上。

他想找个人打听一下，今夕是何年。可一路走下来，竟一个人也遇不到。斯菲戈洛似乎成了一座空村。应该有狗，然而没有黄狗发出过一声低吠。

老人不知道这种感觉是怎么从他的脑子里生长出来的，可这种感觉真诚可靠，大树那样扎了深根，动摇不得。

再往前走，他看到村巷里堆满了大大小小的雪人。雪人在道路两旁排成长龙，一直延伸到前方云雾缭绕，看不清容貌的地方。老人在瑟瑟发抖的风雪夜里流着汗水，像是在一片骄阳下跋涉。他感到有些头晕眼花，云里雾里，意识模糊。

他怎么想也想不通，谁会在这里堆了这么些雪人。以他这一生漫长而枯燥的生活经验来判断，落雪当天，绝不会有人堆雪人。

鱼在

夜里

游过

天空被四面的大山裁成不规则的形状，经常有鸟儿飞过，偶尔留下一两声裂帛般的鸣叫。

　　少年时常怀疑，它们来自一个十分美好的地方，或者将要飞往那里。他不知道那个地方在哪儿，狗也不知道。狗正伏在他身旁的鹅卵石上，张嘴吐舌头，茫然地喘气。它看起来很热，少年想替它擦擦汗，可它只是一个劲儿淌涎水，没有流汗。少年不爱说话，狗也不爱吠叫，镇上的人们甚至认为，经常在长长的街道上走过的少年和狗，都是哑巴。

　　少年没有见过妈妈，跟着奶奶在镇上长大。狗也一样，他们都是没有妈妈的孩子。没有妈妈的孩子不会冷，也不会疼，玻璃碎片划破手指，他从地上抓起一撮细土，或是火塘里的灰烬，像药末那样撒在伤口上，再从什么地方撕下布条，或是塑料带，用牙齿与另一只手配合着捆起来，就能令自己放心。而那伤口也总会在一段时间后愈合。当别的小孩穿戴上棉袄、手套、帽子，像一只只笨拙的小鸭子，摇摇摆摆地行走在寒风凛冽的大街上时，少年还没来得及意识到，原来衣服是要分季节的。他用麻秆一样细短的腿托举着比同龄人单薄许多的身子，昏睡在尘土飞扬的马路边，行走在人声鼎沸的街道上，不知道自己与这个熙熙攘攘的世界究竟有什么关联，早已忘却了上一次哭泣是什么时候。

镇上的人给他取过一个听起来相当坚硬的小名，叫作洛码惹。"洛码惹"是彝语，就是小石头，冰冷，沉默，主要是坚硬，但事实上，少年的脑袋里装满了各种各样的问题，只是无法得到解答，他觉得自己跟石头还是不一样。

狗在很小的时候就加入了少年的生活，是他这些年唯一朝夕相处的好朋友。在少年眼里，狗和人一样，狗是人，人也是狗，没有什么太大的区别。那段时间，少年在课本里遇见了一群寻找妈妈的小蝌蚪，也开始追问妈妈的下落。他曾以为卖炸土豆的阿雷嫫是他妈妈，她经常在他去买炸土豆的时候，对他温和地笑，提醒他少蘸点辣椒面，吃太辣会肚子疼。少年还怀疑过镇上一位穿白大褂的护士是他妈妈，她总像蓝天一样，让他感到眼前亮亮的，可她从来没有看过少年一眼。

相框里黑白照片上的妈妈，在少年眼中，是雨雾天隔着玻璃看到的一朵紫色马铃薯花，模糊而美好，真切又遥远，抓不到摸不着。奶奶就在那个时候抱了一只小狗回来，就好像它就是少年要追问、寻找的妈妈一样。

那会儿它还很小，虎头虎脑，憨态可掬，一身细细软软的绒毛，摸上去会让少年误以为摸到了一片云朵。它喜欢伸出小得不能再小的舌头，舔舔少年的掌心，拱拱少年的手指，把他弄得痒痒的，然后奶声奶气地呜呜着，撒娇、发小脾气。乏了，它就偎到少年身边浅浅地睡，黑亮的鼻翼有节奏地翕动。少年换到哪儿，它就挪到哪儿。少年很享受这种被关注，甚至被需要的感觉。少年吃什么，它也跟着吃什么，少年就像一块小石头，始终不见长，狗却快速发育，几天一变样，很快成了大狗。长大后，它精神饱满，贪玩好动，却胆怯异常，比少年还要害怕刮风下雨，电闪雷鸣，动不动就往桌子底下躲。但每当少年和它要遭遇什么不可避免的威胁，比如冒失的人将木门敲得嘭嘭响，有哥哥姐姐在旁边壮胆的小孩朝他们大吼大叫，它又会变得果敢无畏，伸着脖子，直朝那个方向吠叫不止。

暑假眼看就要过去了，少年的家庭作业还有大半没有完成，那些需要他去填满的空格仿佛在故意夸大他的愚钝，使他握在手中的铅笔始终难以落下。老师们铁青的脸轮换着浮现在他眼前，像正午的太阳，让人无法直面。老师们收拾人的办法很多，把他们的耳朵拧得滚烫；让他们摊开手掌心，用棕榈树枝或是韧劲十足的竹条连抽几下；不声不响来到身旁，揪住后脑勺一撮头发往上提，让他们的屁股离开椅子，脚后跟离开地面。

也不知哪里出了问题，少年的学习就是好不起来，他分明已经端端正正坐着，像看动画片那样去面对黑板和老师，可老师们讲的那些东西，照样会让他云里雾里，十分不真实。每当老师们要点名，让学生站起来回答问题时，少年的上半身总会从桌面开始缩下去，就像一件悄悄滑落下来的衣物。老师的目光在教室里搜寻越长时间，他的身子也就缩得越低。往往他越要躲藏，老师就越是要爽朗地念出他的姓名。

少年喜欢到山上，在用来给小镇发电的潭水中游泳。游泳仿佛是他与生俱来的一项本领，记忆中他没有惧怕过深水，一跃进潭水中，他的双臂仿佛立刻化成了一对宽大有力，同时灵巧自如的鳍，或者说是鸟儿的翅膀，稍稍一发力，身子就会轻盈地向前飘飞而去，再轻轻一收，又平稳地停落下来。面对潭水，少年的身体里总是蕴藏着无穷无尽的力量，他可以在下水和上岸的转换之中，将整整一天的时间用十分惬意的方式度过。高年级的少年们一拨一拨地来，一拨一拨地走，就他一直没有离去。他在黛绿的潭水中一会儿浮出来，一会儿又沉进去，不像一个刚上二年级的少年，倒像一只小青蛙、一条鱼，或者别的什么，仿佛生来就生活在水中，而不是陆地上。

他曾在潭水中发现过一个五光十色的世界。那个世界很亮，缓缓地飘飞着晶莹剔透的泡沫，它们源源不断地从某个地方溢出，飘散开来，在阳光的折射下，发出五颜六色的光芒。那光芒仿佛带着某种不可抗拒的魔力，当他蹬蹬双腿，摆动双臂，轻快地朝它们游去时，他忘了自己在水中，忘了世上还有陆地，那水变得温润细腻，暖洋洋的，像羊水包裹着婴儿，空气托举着飞鸟，蓝天捧护着太阳。那些泡沫不会破碎，任何外力的干预都不能使其破灭。那个世界，就像某天夜里他在梦里见到的情景，可是后来，它像梦一样消失了，再也没有出现过。

属于这一天的太阳就要落山了，大山庞大的阴影掠过黛绿的水池、橡树林，渐渐与对面的大山重叠。小镇，尤其是小镇周边的山腰上，升起了雾气一样婷婷袅袅的炊烟。狗抬眼望了少年一眼，少年的肚子就咕咕叫唤了起来，就好像它会施魔法一样。少年知道它饿了，他总是在肚子饿得开始绞痛的时候，才会想起，又到了该往里面送点什么进去的时候。少年和狗的饭菜很简单，一锅米饭，一锅只放油、盐和味精的炖土豆块，或者换成一盘炒菜。炒菜的佐料不变，最多再加一勺豆瓣酱，食材在土豆、莲花白、花菜几样中选择。那是以熟为首要目的的烹煮，谈不上有什么好的口感，饥饿正好为他带来了好胃口，他和狗每顿都吃得津津有味，一点不剩。

奶奶不见人影已经好一段日子了。这是她第一次这么长时间离开少年。奶奶的消失，也像那些一样样从他的梦境中退场的景物，像那个消失在潭水里的奇妙世界，像那些从天空中掠过，再也没有回来的飞鸟。少年甚至怀疑，大家都去了鸟儿们要飞往的地方，只把他和狗留了下来。他相信那个地方一定与曾在水中出现过的奇妙世界有着某种隐秘的联系。

少年和狗把头凑在一块儿，一起冥思苦想，一起凝视窗外的叶片在风中颤抖、飘落。一双踩着红泥的皮鞋，从小道上径直朝他们走来。少年知道，他应当管这双鞋的主人叫"爸"，他也确实一直是这么干的，哪怕一次也没有叫错。爸不常出现在少年眼前，更不曾真正走入他的世界。少年看见他出现时，并不感到高兴，很久没有见他，也并不会想起，更不会失落。他的世界里，有奶奶，有狗，有飞鸟和潭水，还有妈妈的黑白照片。奶奶告诉过少年，他爸是个老师，把教书当成了他的命，把那些原本没有机会在学校里待上一天的少年，当成了他的孩子，像一头套上犁具就不知道抬一下头的牛。奶奶那话饱含着抱怨、无奈、同情、赞赏、自豪等复杂情绪，她干瘪的嘴，最后总会像反刍的牛一样嚅动许久，喃喃地说，他只是个临时老师，没有编制，就跟石墙上一块小小的石头一样，无关紧要……

少年一般叫他曲木老师，而不是爸。

曲木老师说："你奶奶走了。"

少年问："去哪儿了，是不是去了鸟儿飞往的地方？"

曲木老师说："什么鸟儿飞往的地方？"

少年说："从天上飞过的鸟儿。它们从这边飞往那边，没再飞回来。"

曲木老师抬头望天，望了一会儿，点点头说："你要这么想，也不是没有道理。"

少年的眼睛亮了，赶紧追问："那个地方在哪儿？"

曲木老师没有说话，过一会儿，敲了敲搪瓷碗，说："吃饭。一会儿噎着！"

少年有些难过。他难过奶奶扔下他，没有带他和狗一起走。他埋下头，把搪瓷碗和马勺端端正正地放回桌面。狗摇着尾巴走过来，仰着鼻孔朝他嗅了嗅，举起前腿扒拉他的手臂。

曲木老师带着少年离开小镇，来到了高山上。这里空气清冽，蝉鸣消失得无影无踪，仿佛只需站在山顶踮一踮脚尖，就能把云朵摘下来当枕头。

这里的小学很小，教室由能容纳十来张课桌的两间青砖灰瓦房组成，共有十三个学生。他们衣着简单，神情相像，同样都用豆芽菜似的颈项支撑着一颗颗扁圆的小脑袋。其中只有一个是女生，她跟少年一样不爱说话，整天埋头摆弄衣袖，动辄就把脸羞得绯红。即使到了课间休息时，她也只是把手藏在桌肚，坐在教室里让目光穿过窗户，眺向远处罩着薄雾的云山，从不出来活动。这些学生来自附近的大山。

曲木老师是这里唯一的老师。据说当年这里不止十三个学生，老师也不止他一人。其他老师分一个进来，跑掉一个，再调两个进来，又逃掉一双，始终没有什么能将他们长久地留下。那些能到这里来教书的年轻人，通常还能在别处获得更好的工作，他们宁愿放弃编制，也不愿留下。

每天早晚，曲木老师都在肩上搭条白毛巾，端着搪瓷杯子到公路旁，像模像样地洗脸刷牙。那里有一段从山上接下来的水管，用一截"Y"形松木架在公路边，供偶尔过往的汽车降温以及灌满水箱。曲木老师洗头的时候，得先用肥皂洗一遍，再用香皂洗，这样既不费钱，头发还香。有人曾总结说，曲木老师嘴里含上水，仰头"哇啦啦"地冲刷牙膏泡沫的样子，看起来很像一个干部。他们所说的"干部"，是指乡政府的工作人员。在说这话的时候，他们的脸上洋溢着灿烂而古怪的笑容。

曲木老师的饮食很简陋，每天两顿，其中一顿经常是白米饭或者玉米饭泡白开水。夏天天气炎热的时候，从水管里接来的水也能代替白开水。他隔三岔五要顶风冒雪，上山招生，做家访，解决家长和学生们有关上学的种种阻碍。还要在新学期来临之际，反复登门，向家长们讨要拖欠已久的学费。每一笔拖欠的学费，往往会经过一段漫长的时光，跑许多趟，才能顺利收回。

为了让这里的学生像其他地方的学生那样，在课间休息时做点运动，丰富课余生活，曲木老师用竹筒、麻绳自制了跳绳。又将木板锯成"凸"字状，当作球拍，用指节长短的竹节代替球托，插上三五根鸡翅羽毛，做成一副副羽毛球。这种自制羽毛球在旋转着冲上天空的时候，伴随着脆生生的当当声。

教室旁倚靠着围墙，用松木搭建了一个鸡舍，苫着些朽烂的塑料布和赤红的松枝，养了二十来只鸡。这些鸡有的是作为学费，学生家长送进来的，而大部分则是在这个鸡舍里从一个鸡蛋变成一只雏鸡，再长成公鸡或母鸡的。野草疯长的操场就是它们刨土觅食的游乐园，它们丝毫不惧与少年们抢占荫凉之地。当拖欠的学费无法如期收回，开学时间又迫在眉睫时，曲木老师会将鸡缚了脚，装进麻袋，掮在肩上，踩着弯弯曲曲的羊肠小径下山，到镇集市卖掉，换成书本费和文具盒、铅笔、作业本等奖品。和镇小学的情况不同，曲木老师从不对这里的学生施展威风，而且这两间逼仄、蹩脚的教室里，没有一个学生想要撒野。

少年喜欢这个小小的学校，可惜他不认识这里的文字。他们使用的教材以彝文为主，和他在镇上所学的汉文教材不一样。在这里，《汉语文》是《语文》《算术》以外的另一个科目。那些从小就在使用的语言，一旦变成文字摊在面前，少年立刻变成了一个文盲。同学们声情并茂地诵读，"以哈博几欧可册雷布"，他听懂了，知道这句话描写的景很美，美中还带点苍凉，但他不知道这句话在课文的哪个位置。他就用笔头指着，一句一句地跟着念，但曲木老师在经过他旁边时，还是免不了要提醒他，笔头已经落到朗读声后面。

这所小学是这片大山里唯一还在使用彝文教材的小学，也是这里最后一所当少年们从学校里发出琅琅书声时，还能让附近正在埋头劳作的山民直起腰来，会心聆听一番的学校。

也许是为了让这所小学更好地发展下去，也许是因为一些别的原因，曲木老师经常往镇上或者县城里跑。少年不知道曲木老师来回往县城跑过多少趟，更不清楚他每次前去会带上些什么东西，但曲木老师和他们之间的关系，却拐着弯，牵扯到了他和狗身上。那天傍晚，几辆车停在公路旁的"Y"形木架下，从车上下来一帮梳着背头、腆着大肚子的人。他们进了一趟小学，又匆匆走出校门，似乎并没人打算留下来吃一口腾着热气的羊肉。汽车重新发动之前，车上一个年龄与少年相仿的小男孩不愿就这么离去。那是车里唯一一个少年，他指着正在草坪上蹦跳、追逐自己的尾巴的狗，提出了诉求：想带它一块儿离去。

就像曲木老师无法让那些客人留下来吃饭一样，少年也无法改变狗将要离他而去的事实。

狗被送走那个傍晚，少年迷迷糊糊地从坡上一块草坪上醒来，他又梦见镇上的某些生活片段了。那些梦经常在夜里缠着他。他刚从阴森森的学校逃出来，要到一片果园里去。那果园挂满了沉甸甸的橘子，像一个个小小的太阳，发着金灿灿的光，温暖，耀眼，吸引着他在一种近乎无意识的状态下，不断朝前迈步。中间隔了一层无法对视线造成阻隔的障碍物。是篱笆。他猫着腰，从一处朽烂的篱笆中钻进去。有人像家里着了火似的，大喊大叫了起来。叫喊声连着叫喊声，声势陡然增大，变得像山洪暴发一般，团团将他围住。一群表情凶悍的人很快出现在眼前。他像一只撞进了陷阱的野兔，拔腿就跑，亡命逃窜。可那果园像个迷宫，里里外外，层层叠叠，他窜来窜去，怎么也逃不出去。好不容易逃出果园，来到桥底下，汹涌的河水却阻住他的去路。一个满脸横肉的壮汉堵上来，抡起差不多有铁锤那么大的拳头，使眼前明净蔚蓝的天空和斑驳杂乱的大地猛烈摇晃了起来。

这时有狗的吠叫声闯入梦来。一声一声，像一道道劈开黑暗的光柱。少年觉得眼前亮堂了起来，并且越来越亮，越来越白。

一道赤红的夕阳刺入他的瞳孔，使他看不清世间万物。他用手背揉揉眼睛，踉踉跄跄往前走去，看见狗已经被拴在一辆黛绿的皮卡车车厢里头。狗望着他，他也望着狗。狗仿佛知道了什么，没有再吠叫，也没有试图挣脱，就蹲在车厢里，用水汪汪的眼睛望着少年。狗渐渐远去，少年也渐渐往后倒退。夕阳的红光将他们隔离开来。少年感到他的双脚离开地面，飘浮了起来，天地万物正在做着无序的运动。他想停下来，可使不上任何力量。终于，一切都静止下来，消失在了一阵被大风卷扬起来的尘土之中。皮卡车彻底消失在山梁上。

狗从身边消失不见的日子里，少年经常看见一只飞鸟从天空这边，静悄悄地飘向天空那边。有时，它在一阵大风中失去平衡，在歪斜的轨迹中拼命挥动翅膀，奋力扑腾，然而除了多让几片羽毛飘落下来外，什么也改变不了。

少年有时会恍惚觉得，奶奶和狗，还有那个模样残缺的妈妈，是否曾真实存在过？他们在他的记忆里埋下的种子，会不会只是来自一场虚无的梦，或者是那一片洒满阳光、七彩斑斓的水域？他不知道。一切问题都没有答案。假如他们确实曾真实生活在他的世界里，那么现在，他们应该在另一个地方相见了吧？

在度过了许多个辗转反侧的难眠之夜后，曲木老师终于决定，让少年去看守一座他刚修建起来的房子。那是他倾尽所能，计划了十余个秋冬，蜕了里外三层皮才修建起来的房子。他告诉少年，你的哥哥已经在那里了。少年这才想起，有个叫作"哥哥"的少年，也曾在他更小的时候，与他和奶奶一起生活过。那时少年还不到六岁，这个叫"哥哥"的少年整天往外跑，除了吃饭和睡觉外，少年很少看见他。后来，他也消失了，奶奶曾给出答案：他到县城上初中去了。少年并不能听懂，同时不再追问。

那是一个坐落在悬崖边上，整日整夜都在刮大风的地方。曲木老师就是在这块土地上长大的。据说，他是这里第一个"高小"毕业的人，即便是二十年后的今天，这里上过学的，仍屈指可数。它远在三座大山以外，一个更偏僻更隐蔽的地方，至今没有小学校。这里的孩子要读书，必须天亮就出发，翻过一座大山和几座小山，要正午的时候才能赶到，每天得少上两节课。这里只有一个小孩在上学，他每天带上熟食，用塑料袋装着，用旧报纸包着，将其藏匿在路边的草窠或石缝间，做上记号，待放学时再来取用。山路像蛇一样在山腰扭转，抬头是望不到顶的陡坡，低头是看不见底的山崖，不时会有滚石轰隆隆飞落下来，呼啸着和他擦肩而过。

站在那个地方的崖边往下望，一条江像蓝色的巨蟒，盘在山脚下，缓缓蠕动着。当少年站在悬崖边，远远地望向它，就被震撼到了，那种磅礴、从容、神秘的力量，在诱惑他、吸引他。它的颜色介于蓝和绿，浓重、黏稠，与以往他见过的所有颜色都不相同。少年一眼就认定，它一定连接着另一个世界。透过有些骇人的江面，一定别有洞天，存在着另一番天地。与以前见过的水域不同，少年第一次见它，就本能地躲避，瞳孔在放大，汗毛在竖立，他已经在不知不觉中，远远地退出崖边。少年并不能分清这种躲避究竟来自敬，还是来自畏。

少年和哥哥需要做的是，每天给自己的肚子倒腾两顿饭，然后把剩下的时间，用任意方式打发掉。短短两三个月的时间，哥哥已经让自己发生了巨大的变化，现在的他，会在野地里莫名其妙地大喊大叫起来，能坐在一帮光棍男人旁听他们讲那些让少年听不懂的荤话，而脸不红心不跳，并以融入、变得跟他们一样为荣。昔日那个排斥说脏话、对人友善的少年，开始相信一些问题非得用匕首、斧子，才能真正得到解决。哥哥的光阴，大半是和一个名叫子野的少年一起挥霍的，他们在田里捉泥鳅，到崖边追赶羚羊，下套捕捉野兔、血雉，还学着胆大的青年，在山背后的桉树林里，对着放牧姑娘吹口哨。他们甚至在夜里敲响欧作姑娘的门，然后转身溜进夜色之中。

欧作是个跛脚姑娘，在小厢房开个窗洞，石灰粉蘸抹布，写上大大的"商店"二字，销售一些副食品和日用品。听说，她自小在学校里，读完书也就回来了，超过结婚的年龄已经许多年——也就是二十好几了，还没有嫁人。有人说，那是因为她一直在学校里，没干过活，缺乏相应的锻炼，已经干不好农事，找不到人家。他们拿少年乌拉的妈妈做对比，说，乌拉的妈妈也是个跛脚女人，跛得比欧作还严重，可已经是三个孩子的妈妈了，因为她不曾将年岁浪费在学校里，能适应毒太阳底下的农活。他们认为，假如无法确保通过读书端上铁饭碗，最多随便读上几年，能记人名，算算小账，也就行了。土里刨食的人，最终还得回到土里，踏踏实实过日子。

欧作姑娘经常拿着字词或是算术题来考少年，答对了，有时还会赏他一颗糖。她在少年面前说过一些令他惊讶不已的话，比如雨和雪是从云层里形成并落下来的，而不是大家所说的那个"天空"。天空是空的，不是有个东西罩着的。

"我们这里风大，是因为有江，那江叫作金沙江，下游叫作长江。我们生活在一个很大很大的，用山和水组成的圆球上，山上有石头和树林，水中有岛屿和海底世界，叫作地球。冬天的时候，水里要比岸上暖和。"

少年对这话深信不疑，追问："那飞鸟飞往的那个地方，它在哪儿？"

欧作姑娘想了想，说："可能在……南方吧，候鸟要迁徙的。"

少年又问："南方是不是很亮，漂浮着很多闪闪发光的泡沫？"

欧作姑娘说："南方很暖和，跟没有冬天一样。"

少年又问："金沙江是不是要流到南方去？"

有人来打酒，欧作姑娘起身，一瘸一拐地过去，没能给出答案。

哥哥他们去捣蛋，一般不带少年，说他还是个小毛孩，不能跟着掺和他们大人的事，那会使他们做的事变得像一帮小孩子在小打小闹，很没排面。少年也不爱跟着他们。他不乐意看到他们对欧作姑娘嬉皮笑脸，说那些奇奇怪怪的话——虽然欧作姑娘似乎并不反感。少年就独自坐在门外的草坡上，眺望太阳从东边升起来，再目送它朝西边的大山背后沉落下去。四面的大山，尤其是东西两侧的山脉太过巍峨高耸，太阳出山晚，落山又急，见太阳的时间很短。

望着夕阳西下，山峰红了一片，少年居然有些想家了，可他的家在哪儿呢？在镇上那条坑坑洼洼的街道上吗？那里曾有一间堆满杂物的小屋，他从小在那里长大。不知原本就寡言少语的奶奶成天在捣鼓些什么，忙忙碌碌，总也停不下来。自奶奶去了鸟儿们飞往的地方，去了"南方"以后，那间小屋又很快变成了别人的，再也不是他的家了。是曲木老师教书的那个地方吗？那里曾收留过他，但终究把他和狗分开了。

少年有些想念那群发出"以哈博儿欧可册雷布"的少年，还有那个由十几个少年和二十来只鸡就能营造出热闹景象的操场。那里长满了野草，少年们的鞋子在宛若彩虹的绳子间，彩蝶一样起舞。还有那伴随着当当声，时不时冲上天空的羽毛球，像极了一只只张开翅膀，不要命地冲上云霄的鸟儿。

美好的事物总是像泡沫一样，短暂又脆弱，转眼就成了记忆深处的浮光掠影。

哥哥和子野终究要走上子野他爸那条盗窃之路了。关于子野他爸，少年经常听其他少年谈起——更多的是听子野自豪地吹嘘他爸偷盗时的胆大和"机智"，却从来没有见过他本人。子野他们家的农事由他妈妈带着三个孩子承担。据说，子野他爸偷盗时，为了避免让沾亲带故的人家失窃，要连着走上几个夜路，走出三四座大山以外，才会动手。得手的赃物和不义之财，不往家里带，避免给无辜的家人带来不祥，都和他的同伙们在外面处理掉。这里的少年对这个神秘的盗贼也许并不一定带着崇拜，但同样都展现出了浓厚的兴趣。

哥哥和子野计划，到岭上套一只羊回来，趁着夜黑得透彻，风吹得响亮，宰杀了吃肉，扛些羊肉去换取人民币，再把羊皮剥下来，拿到集市，一人换上一条十分有排面的皮带。他们说，那皮带的扣必须足够大，图案必须足够怪异吓人，最好是一个张开血盆大嘴将要吃人的虎头，或者是一个白生生的骷髅，正以黑洞洞的面部五窍凝视别人，让人不寒而栗。他们认为，那皮带在腰间扎上的时候，无论上身穿着什么样的衣服，都得扎进去，让皮带光明正大地袒露出来，尤其是那块看起来足有半斤重的扣。

那岭偏僻，常有落单的羊迷路，没人去寻，就在山岩或老树底下过夜。

哥哥和子野买了手电筒，备了绳子，整天磨刀霍霍，等待天色暗沉下来。只是每当天完全黑透，到了夜深人静的时候，他们又没了动静。他们甚至没有离开床铺，划根火柴将煤油灯点亮，在晃动不止的明暗中淡寞地交换意见，就会决定将行动暂缓两天。如此反复拖延一段时间后，他们终于在半夜里出了大门。

屋外的风又在嘶吼，像是要将屋顶掀翻才肯罢休，椽檩与瓦片，在风的撼动下，吱吱嘎嘎响个不停，整座房子仿佛正在以最大限度扭曲着。

少年从被窝里露出眼睛，让目光在空荡荡的房间内扫视一圈，没看见狗，也没看见奶奶，更没看见正好也朝他望来的狗眼，却将一片在风的袭扰下残存的死寂看得更清楚。那风蛮横地从门缝、屋檐、瓦片间钻进来，抽打得煤油灯噼里啪啦，就快熄灭。明暗交错间，少年好像又看到了狗，看到了奶奶。奶奶正坐在地上，左手扶着从百褶裙里支棱出来的断腿，右手握着拐棍，嘴巴仍然像反刍的牛一样嗫嚅着，似乎在唠叨中赘述妈妈的去向：你出生那天，下了一场大雪。好大好大的雪。那雪飘了整整三天三夜，一刻也没有歇过，好像在赌气，好像要跟谁过不去。

你妈妈，那命薄的孩子，原本可以安然把你送到人间。你爸出门了，迟迟未归。他去了一个又一个地方。我拦不住你妈妈，她说她就在山坡上望一望。就晚了那么一会儿，就那么一小会儿……其实，那天根本没有学生冒着风雪来上学，你爸大可安心留在家里……

狗就蹲在奶奶身后的墙根底下，张着嘴茫然地哈气，睁大了眼，望着少年。一恍，狗和奶奶都消失不见了。

"吱呀"一声，哥哥和子野回来了，他们在月光下游荡了一圈，什么也没干。听他们的对话，那意思大概是，今夜的风太大，容易把他们的手电筒光柱吹得乱飘，暴露目标，对行窃不利。

这样几回，他们终于承认，是他们的胆量不够大，与风和手电筒无关。他们决定在盗羊之前，先好好磨炼一番，使胆量变得更大。练胆的办法很简单，就是每晚到外面去游荡大半夜，甚至一整晚。必要时，不妨将左邻右舍的干柴、红薯干、蚕豆等，当成演练对象下手。直到能在脸不红心不跳的情况下，完成浑水摸鱼、顺手牵羊的事。他们要让自己在黑夜中变得像野生动物那样习惯荒野，并不带任何情绪。他们纠集了三四个少年，夜夜在地里做游戏，捉迷藏，"抓强盗"，到悬崖边，相互配合着模仿各种版本的犯罪场面。也不再回去睡觉，困了就钻进秸秆垛，凑合到天亮。他们借以游玩的名义，不断在夜里向那远离人群的岭靠近，在岭上往下抛石块，冲着令自己发怵的悬崖和无边的黑暗吼叫、谩骂，表明他们足够勇敢，已经长大成人，不再踌躇，不再畏惧。

偶尔，少年也会跟他们一起出去。夹在他们中间，他不敢吭声，只让眼睛转动着观察四面的动静，他总觉得某个阴森可怖的地方会浮现一张什么鬼怪的脸来。

　　哥哥和子野一直在向他发出邀请，说他们人手不足，需要有人在他们去套羊的时候，在崖边望风。这个地方有很多少年，但哥哥和子野说，这事不能让除了他们仨以外的任何人知道，少年是望风的唯一人选。

　　他们始终没有打消拉少年入伙的念头，少年也一直在用沉默做着越来越无力的抵抗。

　　就在这时，关于狗的消息传来。听说，狗变成了流浪狗，就跟它小的时候，奶奶抱它回来前那段日子一样。有人在县城车站附近见过它，它到处偷吃食物，像只过街老鼠一样，被人用棍子撵来撵去。

　　少年要去寻狗。态度就跟哥哥和子野要去盗羊，然后一人买一根皮带那样决然。少年不知道县城在什么地方，究竟该怎么去，他猜测，那个地方也许就是飞鸟飞往的南方，他极有可能在那里遇见奶奶，还有妈妈。欧作姑娘告诉他，去县城得坐客车。但哥哥和子野说，司机是不会让一个小孩独自上车的，即使你能掏出车费也无济于事，小孩子冲司机招手，手臂挥舞得就像悬崖边上的稻草人，司机顶多溅你一身稀泥，根本不会让车子停下来。哥哥和子野告诉少年，他们愿意带他去一趟县城，只要他答应加入他们，负责到悬崖边望风。

　　只要能去找狗，他什么都答应，尤其是像现在这样陷入困境的情况下。

他们仨走了两个小时的山路，从天刚蒙蒙亮一直走到太阳出山，终于搭到一辆风尘仆仆的客车。刚上车，少年就感到天旋地转，头晕心慌，不到十分钟就开始呕吐。他把头伸出窗外，风裹着尘土猛烈灌来，他闻到松脂的清香和令人头大的汽油味。盘山公路在松林里绕来绕去，少年呕得天昏地暗。到了县城，人已经像是丢了魂，奄奄一息的。哥哥和子野带着他在车站附近找，来来回回找了很久，没有找到狗，更不见奶奶或妈妈的踪迹。

车站旁有个用布帘子遮起来的录像厅，哥哥和子野踮着脚尖、伸着颈项，在门外观看起来，看着看着，不知什么时候，人已经溜进了里面，再也不愿出来。他们被一部部眼花缭乱的武打电影勾走了魂。少年心里惦记着狗，不愿进去，独自坐在人来人往的汽车站售票厅，望着旅客们来来往往的腿脚发愣。

哥哥和子野走出录像厅的时候，街上已经没有多少人影了，他们仨漫无目的地在街上走着，谁也没有说话。风从某个街角吹来，拖拽着一片片落叶呼呼啦啦响动起来。不知从什么时候起，风中已经带着深深的寒意，难道入秋了吗？或许早已是寒冬了吧，管他呢，反正都是以相同的方式把每一天度过，反正他们还有大把干巴巴的岁月需要想办法挥霍掉。

他们在车站外的木椅上睡了没多久，就有身穿橘色上衣的人开始打扫街道。扫帚轻盈地拂过地面的沙沙声，一下一下传来。洒水车唱着悲泣一样的歌声，在空荡荡的大街上缓缓驶过。除了他们自己知道他们的存在，没人会发觉这条街多了三个少年。这条街就跟过去的每一天一样，正在用相同的方式做着相同的运行。

他们又在县城留了一晚，还是没有找到狗。事实上，哥哥和子野根本没多少时间可以留出来陪少年一起找狗，需要他们花费时间的新鲜事物实在太多，少年的央求在他们耳畔响起时，分贝还没有一只蜜蜂的嗡嗡声高。

　　返回的途中，太阳一直站在延绵的山冈上，发着血一样的红光，就跟皮卡车带走狗的那个傍晚一模一样。少年没有再说过一句话，埋头跟在哥哥和子野身后。哥哥也变得沉默了，对任何话题都提不起什么兴致。子野却欢愉依旧，沉浸在电影剧情中，对反面角色进行着口头上的讨伐，并从中获取极大的满足感。

　　一回来，少年和哥哥倒头就睡。他们昏睡了整整一天一夜，中途只在吃饭的时候起来过两次。睡够了，少年没有再像以往那样，往哥哥和子野他们所在的地方靠近，而是独自爬上厢房屋顶，朝苍苍茫茫的群山望去。那山各自耸立，那云各自飘浮，就连风和江水前进的方向也分明是相逆的，或者说是彼此孤立的。

　　哥哥和子野每天都在画龙。用树枝在尘土里画，用水分充足的草茎在青石板上画，用手指头在蓝天上画。除了画龙，他们还练习书写一个歪歪扭扭的"忍"字。一笔一画地写，惊蛇入草般连着写。描粗了，歪着头欣赏；添一片祥云，站远了观摩。他们从欧作姑娘的商店赊来一支圆珠笔，把龙和那个会让他们看起来很不好招惹的"忍"字，一遍遍搬到玉米秆一样的手臂和干瘪的胸膛上去。他们说，等他们的"盗羊计划"圆满成功，还要进城去，玩个十天半月。有好几部成龙主演的武打电影，他们只看了一半，一定要知道那些高鼻梁红头发，或者鼓着一对牛眼的坏人，后来是怎样被成龙打扁的。他们会带一瓶炭黑墨水回来，用缠上细线的针，蘸饱了，一针一针将那条龙和那个"忍"字刺进他们的肉里。到了那时，任它是天上下的雨，还是地上淌的水，休想再让它褪掉色。

子野越来越焦急，一副再不去县城就要憋坏的样子。也许哥哥是在关照少年，或者在犹豫，一直用"等等"往后推托。从县城回来，他对少年多了不少关切，不让少年用大容量水桶提水，不催少年去生火，饿了，他会把饭煮熟。手里得到花生、红薯、甘蔗等食物时，也会揣回来给少年。子野却越来越急躁。哥哥和子野之间的关系由此发生了微妙的变化。子野在面对哥哥的时候，不再像以前那么客气，甚至有事没事，当着哥哥的面，用一把匕首扎脚下的草甸。

在一个狂风大作的傍晚，哥哥拖着干瘦倔强的身子走进后山的桉树林，在横七竖八地卧着枯草的坡上坐下，把头埋进自己的怀里，低声哭泣起来。很久很久，都没有把头抬起来。笔直的桉树似乎正在生长，疯了一般齐刷刷伸向蓝天。叶片呼呼啦啦，在风的拨弄与夕阳的照耀下，闪烁着静谧迷人的光芒。少年爬上坡去，在哥哥身旁的草甸上坐下。哥哥还是没有抬头，说："等我们把羊肉卖掉，也给你买一只小狗回来。那两天我和子野只顾着玩，没好好帮你找狗。"

少年保持着原有姿态，依然看着前方几棵小桉树在风中艰难地挺直树干。他从来没有想过要另养一只狗。

哥哥抹了抹眼睛，说："爸的工作要没了，那个小学要合并到别的小学里去，新小学很大，学生会寄宿在里面，每周只回去一次。爸爸还会继续教书，他攒了很多教材，还有很多作业本和很多粉笔，我看到过，一摞一摞的，都藏在那间上了锁的教室里。他说他会回到这里，教子野他们认字、算算数。但是他流鼻血。记不清是哪一年，反正从很早很早以前，他就开始流鼻血。一流就止不住，每次都是一大摊，像打碎了一大瓶红色墨汁。他送我到这里那天夜里，他的鼻血从凌晨一直流，断断续续流到了天亮。爸是活不久的，不知哪天就会倒在血泊中，再也站不起来。我们得快快长大，赶快变成大人。尤其是我，我是当哥哥的，我得养你，得给你娶媳妇的……"

最后，哥哥把眼泪抹去，站起来拍拍屁股上的尘土，用一副大人的口吻说："今晚你就别去了，你还小，不能跟着我们大人干那样的坏事。至于子野那里，不用怕，有我在，他不敢说什么。"

犹如白昼的月光为哥哥和子野照亮了夜路，照亮了那条通往盗窃的罪恶之路。他们出去以后，没有再像以往那样，找着荒唐的借口折返回来。

少年蜷在被窝里，一动不动。他的身体有些烫。起初仅仅是有些烫，但随后这种烫持续加剧，开始从一个刚出火塘的烧土豆迅速向火炭本身接近。那种天地旋转的感觉一阵接一阵地侵袭而来，变得跟坐汽车去县城时一样，房屋树木，山川河流，往昔与未来，都飘浮了起来，悬在透明的夜空中。他的额上渗出了细密的汗，嘴唇变成了一块皲裂的土地，喉咙在以一条纵贯线燃烧开去。

迷迷糊糊中，少年仿佛看见了那条幽蓝幽蓝的江，它在今夜，在此时此刻，获得了另一种生命，或者说，是在昏睡中被什么给吵醒了，化身成一条巨龙，腾飞起来，在山峰之间盘旋着。它张开峰口一样的大嘴，狂啸一声，拔山掠地的风就呼啦啦刮了过来。少年又突然想知道，黑暗是如何降临的，月光为什么是冰冷的，云和雾是如何罩住大山的。他曾向欧作姑娘请教过这些问题，她讲解了半天，但他一句也没有听懂。欧作姑娘最后只好说，想知道这些，还是得去学校把书读下去。还说什么上学不该只是为了算算账、记记人名，或者求一个铁饭碗，还应有更重要的意义。她说，人需要去了解、认识自己所生存、相处的世界，而上学就是一条很好的通道。少年不得不遗憾地告诉欧作姑娘，书上没有那些东西，更不会指出飞鸟飞往的那个地方。书上只有找妈妈的小蝌蚪，卖火柴的小女孩，给乡下的爷爷写信的万卡，只有在火苗里浮现又消失的奶奶，只有被赶出家门后，在一条弯弯曲曲、延绵无尽的道路上，无望地永远走下去的丧家犬。

少年期盼风刮起来，刮得越野越舒心，期盼雨下起来，下得越疯越痛快，然而，风雨在今夜选择了沉默，选择了袖手旁观。

少年摇摇晃晃地爬起来，趿上鞋子，推开屋门，朝山岭的方向望去，那里早已陷入一片漆黑，什么也看不见。

他觉得热，热得就快把自己点燃、烧焦。他颠三倒四，往山下走去。一边走，一边脱衣服。一件接一件。先是外套，接着是毛衣，然后脱去翻领衬衣、T恤、背心。他开始脱长裤、短裤……直到把自己扒得赤条条的，像条鱼一样，或者说，像刚来到人世的第一天那样。他把那些脱下来的衣物随手扔弃在马路上。一股越来越强烈的力量在推助，在召唤，他有预感，他将不再需要这些累赘。

　　黑夜是潭透明的死水，少年是一只刚从啁啾中惊醒过来的鸟，扑棱棱张开了翅膀，像条鱼一样，摆动着无形的鳍，要从这灰色的水中游过。他不知道他要飞往何处，他只知道他将飞往某处。

烟花
绽放
的夜

冰雪消融汇成的河水叮叮咚咚，从山上奔涌而来，开始呈现安澜静谧的一面，蜿蜒从容而又不可阻挡地流入小镇。在周围的山脉时不时还会铺上一层薄霜的时候，这里的柳枝已经缀满了嫩黄的叶子。人们脱去臃肿的棉衣、手套，将捂了一冬的被褥搬出屋门，晾晒到太阳底下。有个头扎马尾发型的小女孩正蹲在河边搓洗一些什么，具体来说应该是几双袜子和一条并不需要清洗的红领巾。小女孩洗得很投入，以至于半天都没有把低埋着的头抬起来一下。洗衣粉泡沫在晃着人影的青石板上淌下来，浮到河面上，像天边的云一样悠悠地向远处飘去。

　　目光追随泡沫往河下游移动，不难发现某处浅水区域浸泡了一捆杨树枝条。它们粗细不一，长短参差，靠着磐石斜斜地立在河里。拧干红领巾后，小女孩的塑料盆已经空了，再没什么东西可洗，她站起来，踩着鹅卵石来到河下游，熟练地解开束着那捆杨树枝条的红绳，抽出其中一根枝条，歪着脑袋查看起来。那涂抹着一些烂泥的根部依旧光秃秃的，寻不见任何将要冒出根须的征兆。她有些失望，若有若无地撇了撇嘴，然而并不打算伸出手去触摸，她和她爸爸一致认为，那样会破坏根须们健康的生长环境。这是小女孩将这捆杨树枝条浸泡在这里的第三个星期，也是她每天都到河边来逗留至少一次的第十七个下午。

那个小女孩是我。那年我还是个喜欢做梦和幻想的小女孩，不像现在，大部分时间在忙碌，其余只剩下发呆。到了应该上学的年纪已过好几年，却还在漫山遍野到处跑，时常被自己的梦境或幻想出来的场景弄得恍恍惚惚。那时我的眼中，世界是无限接近完美的，它明亮、热闹、色彩缤纷，随处是未知的神秘魅力。尤其是春天，那蓬勃的生命力让我的心时不时悸动一阵。在将那些枝条泡进河里时，我曾看见一片郁郁葱葱的林子。林中碧蓝的小溪潺潺流过，鸟儿们啁啾鸣啭，盘旋飞舞，在透亮的浅水池里啜饮、打滚、梳理羽毛；软风撩拨着我的发梢——林子在猛烈摇晃，亲吻我的额头——吹翻了鸟儿们的羽毛；绿叶在阳光底下闪烁着青紫的光。

爸爸很爱种树。他说一株比草还幼小、脆弱的苗，长成一棵参天大树，真是一个惊心动魄、令人感动的过程。他为那浑厚的生命意志所折服。周围总能听到这样的声音：猪肺不算肉，杨树不算树。爸爸却认为杨树插哪儿长哪儿，风一吹雨一淋，就噌噌往天上蹿，痛快不扭捏。他不评判别的树，拒绝做平扁的对比，简单而执着，让我们家的房前屋后长满了杨树。也许是因为杨树出众的繁殖能力所附有的便捷性，也许是因为别的什么，杨树成了爸爸最爱栽种的树。我时常在树下坐着坐着就进入了梦乡，很长很长一段日子里会重复做同一个梦。我经常梦见蒲公英，有时它们在蓝天中飘着，有时它们在山花烂漫的草地上浮着，有时它们体积庞大，比我后来见到的气球还大。只有颜色一成不变，总是洁白的，似会发光。它们总是轻盈自在，似乎不必借助风的力量就能长久保持着飘浮的状态。

爸爸种杨树的数量及频率在逐年递增，人迹罕至的荒地，野草丛生的山谷，甚至是转过身就可能遭牛羊破坏的山路边……沉默而执着。从我后来回望的角度来看，似乎是在做某种无声的反抗，或者说是辩解，他栽种的无疑是对某些美好事物的热望。他是个爱笑的人，善于咧开嘴应对人间诸事，仿佛没有真正生气或难过的时候。这种记忆在他种树时尤为清晰，当他吹响嘹亮的口哨，唱起明朗的歌谣，我眼前的世界也跟着豁然开朗，成了颜料的盛宴，风在欢舞，树在雀跃，鸟儿与溪流也在相互追逐。每次带着我种下一片树苗，他就会重重地坐到坡上，用沾满泥土的手点燃一支香烟，长长地吐出一口气，说："真好，等到春风再次吹过，这里又是一片绿油油的林子。"

只有那次，他在种下一片树苗后，抚着一截刚冒出茂密的根须的树根，眼里漫出了湿答答的泪。或许是我看错了，我其实从未见过他流泪。我那时并不能关照到"根须""蓬勃"这样的字眼儿，简单地认为他之所以眼中有泪（如果是泪），只是因为和妈妈之间的婚姻发生了变故。

小镇的河畔（就是上文提到的我在洗红领巾的那条河）有片艾地，那是一块开阔的平地，中央部位微微隆起，长满了牛筋草和艾蒿。随着春风送暖，牛筋草和艾蒿焕发了新的生机，簇生的野菊、益母草、野百合等，也染上了青绿的颜料。兽脊般起伏的山脉使这片艾地在清晨最早迎到朝阳，又在最后送走每一天的夕阳，这里成了镇上的小朋友们的游乐场。澄澈的余晖中，有小朋友的身影在飞奔。他们在艾地里穿梭、追逐，像一群在花丛中飞舞的蜜蜂。他们一手捂耳朵,另一只手探出来,用棒香去够鞭炮的引线;将外套脱下,铺在草地上,围坐成团,把赤皮橡果陀螺一个接一个地搓捻下去,让其旋转着落到衣裳上,发出啪嚓嚓的撞击声……铁环也在沙土路上清凌凌地响了起来,紧随一个个双脚跃动、轻飘飘的少年。

他们看起来像是在飞。在那生生机勃勃的春风里,一切都在我的眼前拔节生长、展翅高飞,就连随风升入天空的破塑料袋,也显得那么浪漫而美好。

有位小女孩背过身去,竖起双掌遮住眼睛,夸张地张开嘴朗声报数:1,2,3……其余小女孩迅速散开,小鸭子一样纷纷钻进艾地、草丛,或是橡树林。她们高唱"马兰花开二十一",蹦蹦跳跳,那花束般的马尾发上扎着花花绿绿的头绫子,我觉得它们很像我梦里常出现的那些蒲公英,洁白而轻盈。

镇上的人——包括艾地里所有小孩的嘴里,讲一种我完全听不懂的语言。下山之前,我从未想过世上还会存在另一种语言,人们流利地使用它,就算语速快得像黄鹂在歌唱,语句长得像溪水在流淌,也不会让交流的节奏放慢下来。它让我变得笨拙,像个眼盲或失聪的小孩,咿咿呀呀。

许多彩色的纸片在紫红的天空中飘飘摇摇地飞,一会儿在近处沉落下来,一会儿在远处升腾上去。弟弟告诉过我,那叫风筝;还有位戴着一对白色"玻璃片"的人说,它有另一个典雅的叫法:纸鸢。这些纸鸢中,有蝴蝶、蜈蚣、拖着长尾的三角形,还有被称作"蜡笔小新""孙悟空""猪八戒"的人形纸片。孙悟空和猪八戒经常出现在那个叫"电视机"的黑色匣子里——

那玻璃匣子四四方方，像个别致的相框，里面装的"相片"却是"活"的，不但会跑会跳，还会说话。那里面的世界，是一个让人的想象力发生爆炸的世界：耸立的楼宇，哗啦啦涌动的车辆，密密麻麻的人群，还有火车和飞机，甚至比鸟类的羽毛还要多彩丰富的布匹与衣裳。这一切都在无声地告诉我：这个世界是美丽而奇妙的。

我坐在河边将目光投向艾地，眺望那片正在夕阳的渲染下欢腾不止的游乐场，因这物理和心理上的双重距离，有时只看到小朋友们如风般绰约的身影，而听不到声音；有时又只听到他们忽远忽近的欢笑声，而看不到身影。小朋友们仿佛置身于另一个维度的时空中，纷纷扰扰，隐隐约约，时而虚幻时而真切，就像摄影艺术中的某个虚焦镜头。

我那时在镇上还没有认识的人，第一个主动跟我说话的小伙伴也尚未出现。事实上，在高山上生活的时候，我似乎就没什么要好的伙伴，我好像从小就能隐约感觉到，我身上有一种跟别的小孩不一样的东西，使我不能融入他们。那种感觉，好比一只山羊混进了一群绵羊当中，或者是一片桉树林里长出了一棵杨树。别扭，一种带有标识的不安。不好说它的产生更多来自被动因素还是主观情绪，也许二者具有相互牵制和诱导的作用。总之，来到镇上以后，这种感觉又强烈了许多，变得更加清晰刻意，甚至理直气壮。这里的人和高山上的人在意的东西不同，他们更加看重一个人的身形相貌、服饰的华彩与贵贱，而不是其遮羞、保暖效果及耐用程度；他们更在意邻居或远道而来的客人的地位与权势，而不关心为了赴会，对方翻越了几座山、淋了几场雨。他们热爱与猛虎为伍，谨防成为猴子的同伴，并希望猛虎总是拥有雄健的腰背。

我觉得我与这里的一切都隔着一条河，在面对它的时候，我总会陷入一阵阵深渊般的茫然里去。弟弟见了，会捧着嘴咯咯咯地笑："姐姐你怎么那么笨，连个奥特曼也不知道？"

"姐姐，你该不会是个聋哑人吧，别人问你话，你怎么听不到，也不做回答？"

我很诧异，不明白他何以得出这样的结论。重复的次数叠加起来，童言便具有了刺伤人的锐度。这样的刺痛，成了生活的一部分，而人们永远像石头一样冷硬，我行我素。弟弟大概三四岁的时候就随妈妈一同下山，开始了这里的生活。他似乎早已成了这里的一部分，不再是当初那个依赖我的后背，总是用同样均匀的鼻息，将暖烘烘的气呼在我的脖子上的婴孩。当初妈妈要带我一块儿离开，我没有拒绝，同时也没有接受，直到看到埋头坐在林中的爸爸，我才挣脱了她的手。

那个小镇只有一条长长的街，跟那条从山上远道而来的河流保持着永不相交的姿态。而镇上的建筑多是两层，底楼装上哗啦啦响的卷帘门，成了卖家具、电器、干杂、服饰、水果，或者是馒头包子的商铺。三四层的楼一般是机关单位、学校、医院，而楼层更高的，是在我眼中直插云霄的大宾馆、大酒店——其实也就五六层，不超过七层。房子怎么还能垒起来搭建？这很神奇。很长一段时间内，我不是很敢上楼，总觉得它会突然塌陷，或者怀疑它们立不住，要直挺挺地栽下来。为此，我做过许多回灾难发生时的梦境。妈妈和弟弟的商铺挤在"天外天大酒店"与"醉仙楼"的夹缝之中，用一块木板隔成了小两间，前半间做生意，摆了台用黑布遮盖起来的电动缝纫机，粉刷了石灰的墙上挂满了彝族刺绣服饰和几件粗糙厚实的针织毛衣。后半间更褊狭，是饮食起居的重要场所，除去一只二十五瓦的白炽灯，还剩一张单人床、一张桌子、一台电视机和两三个当成衣物储藏柜使用的原木箱子。电视机就摆在那张需要借助墙体的力量才能站稳的桌子上，桌子刷过猪肝色的漆，不过已经剥落得差不多了。

街道两旁的商铺挂满了罩着红纱的大灯，弟弟说那叫灯笼。几乎每一扇门上都贴了红艳艳的纸条、画像，说叫对联、桃符。喜气正在一个海市蜃楼般的幻境中晃晃悠悠地徜徉，夕阳漫漶上来，浸染到这片流淌着的紫红里，发出熠熠的光辉，把我的脸映得通红滚烫。我迷迷糊糊地穿行在一条坡度过大的长街上，恍然觉得踏进了一个轻飘飘的梦里。

妈妈和弟弟没有在家。妈妈到鱼塘边织毛衣去了。那里每天傍晚都会聚集起三四个妇女，妈妈可以从她们口中学到各种毛衣花样的针法，或者接收一些别的什么信息，以此获得更好地在小镇上发展下去的空间。绕过霓虹闪烁的"天外天大酒店"，沿着便道继续往前走，鱼塘出现在一片长势喜人的蚕豆地尽头。我踟蹰片刻，还是没有走过去，隔着鱼塘在一块被山风拂净的石板上坐了下来。当妈妈她们终于发现我，朝我招招手，用我能听懂的彝语向我发出邀请，让我过去的时候，我慌乱地站起来，只把惊怯的背影留给了她们。

妈妈没有跟上来。她认定应当在家里写作业的弟弟不敢擅自锁上门，偷偷溜出去放鞭炮。

我把下巴搁在膝盖上，坐在门口，将暮色与头顶上的路灯双双等了出来。我感到冷，缩缩身子，将左手揣进左侧的口袋，右手揣进右侧的口袋，并在口袋里握住了一个鸡蛋。对，那天下午那个鸡蛋，我得提一提。那是午睡醒来时，作为替弟弟清洗红领巾的奖赏，妈妈给我买的。她的意思大概是让我煮来吃。但我只替弟弟煮了一个，把另一个留了下来。整个下午，我都能感觉到我左侧的口袋沉甸甸的。

　　天完全黑透了，妈妈匆匆赶回来，她催促我说："阿依，我的乖女儿，是时候到大舅家去参加聚餐了。"

　　妈妈很重视那场聚餐，她为此做足了准备。自那年她与爸爸结合，娘家人便与她断绝了关系，不再往来。当然，那是单方面的拒绝，妈妈一直没有彻底放弃，在小心经营新家庭的同时，她也在为修复那段关系默默地做着一些退让与牺牲。然而没什么作用。她和爸爸的婚姻宣告结束，才是娘家人的态度得以转变的首要原因，而今天晚上这一场聚会，在妈妈看来，就是娘家人像接纳弟弟那样接纳我的开端。妈妈忙前忙后，替我换上早备好的碎花连衣裙，纯白的新长袜、小红皮鞋，反复叮嘱我聚餐时的一些礼仪。比如见了长辈要问好，得到长辈的关照要道谢；进餐时只能取用正好摆在身前的食物；咀嚼食物要尽量像猫吃东西那样不动声色，等等。

　　直到出发前，我还需要向妈妈打听清楚，大舅家是卫生院那家，还是镇政府那家，但我终究没能问出口。自来到镇上——也许还得再往前一些，我跟妈妈之间的对话渐渐需要勇气，且这种勇气的鼓动愈发需要更大的意志来完成。妈妈透露了一些信息，我往街上走去。我期待路程可以长一些，最好就这样走下去，直到那场聚餐只剩下满地的残杯冷炙。

大舅家的院里挤满了大人小孩，都是妈妈这边的亲眷。舅舅和姨很多，我分不清谁是五舅，谁是九姨，更不知道那群说话时而易懂，时而又让人云里雾里的小孩当中，哪个是二舅家的小子，哪个是六姨家的女儿。我像走进了一个集市，周遭是陌生而忙碌的面孔，而这忙碌与我毫无干系。我心里清楚，这些舅舅和姨从未跟爸爸和奶奶说过一句话，就连跟妈妈说话的时候也不会有什么好的语气。他们好像跟我们一家人有着什么过不去的仇，尤其是跟爸爸和奶奶，甚至像是到了不共戴天的地步。我那时还无从把许多事捅开并联系起来，对这事非常迷惑，长期没有接收到更为合理的解释，迷惑便成了畏惧。妈妈似乎完全理解他们，或者我那时看到的妈妈只是另一个已经向某些约定成俗的事妥协了的她？我不知道，总之我没有责怪她的意思。

二十几张嘴在院里吃烧烤，相互敬酒、高声说话，发出没有节制的笑。他们鼓励在场的孩子讲那种我完全听不懂的语言，带头说起了那种话。他们将"学文明、讲进步"挂在嘴边，把许多人和事奉为先进、文明的表现。比如一个使用筷子或刀叉进食而不是马勺的人；比如鼻梁上架着一副近视镜但内心不见得明朗的人；又比如取上个诸如"马俊杰"或"杰克逊"这样时髦的名字……而将气息控制在鼻腔内，瓮声瓮气地发出除去母语外的另一种语言，在他们眼中似乎则是文明与进步最有效的体现。他们以此为准绳，把"落后"和"野蛮"画上等号，对许多事情不屑一顾，或者嗤之以鼻。

裹着烧烤味的青烟在被灯光映亮的夜空中弥漫，酒瓶与酒瓶叮叮当当相互撞击，竹筷、刀叉齐齐上阵，频繁落在瓷碗、烤架上。大人们咽酒的咕咚声，小孩撕下烤肉锡纸的脆响声，一切都在生长、膨胀，变得沉重而尖锐，一会儿浮在半空中，一会儿直直跌落。酡红的脸堆开了笑，开始拿一个叫"建国"的小孩开玩笑，围绕着他，听起来像在打趣、奚落，实则每个音节，每声笑里，都带着飞扬的夸耀与鼓舞。那是"酥记"家最小的儿子，比我大几岁，说话总是让人啼笑皆非。而那个沉稳地坐在人群里，不怎么开口，但一发言，周围的声音会压低下来的人，正是"酥记"，也是我众多舅舅中的一位。这里动用了"发言"一词，并非草率，他说话确实总是"发言"的口气，一副"形势不容乐观，情况十分严峻"的模样。

　　夸完"建国"，他们开始谈论起在场的别的小孩——当然要除去我和弟弟。谁拿了两个一百分，争得班级第一；谁明年要成为新的少先队员；谁是德、智、体"三好"学生；谁参加了学校的国旗仪仗队；谁在"六一"当上了小主持人……他们对其寄予厚望，认为是家族、人民，乃至国家的栋梁，将会在这些"小花朵"里产生。

　　这个时候，我已经坐在院里人群之中。准确来说，我不知道自己是什么时候进来的，以及怎么进来的。踏进这道院门是困难的，我看不见脚下的甬路，看不清院里像向日葵一样白花花的人脸。和妈妈交代的完全不同，那些礼仪上的东西完全派不上用场，这里没人留意我是什么时候进来的，以及怎么进来的，他们发出的声响和需要延续的动作没有丝毫停顿或改变的意思。我坐在灯光无法直射、可以更加有效地将自己掩藏起来的角落，合理分配着气息。宽大的电视机屏幕里播放了一档红红火火的节目，一男一女走出来，文绉绉笑盈盈地说上一段，就有一场新的谈笑、嬉闹开始。电视机里的人鼓掌、大笑，他们也跟着啪啪拍手，前仰后合。我那时还不知道"鼓掌"这回事，见他们集体拍手，着实吓了一跳。在高山上，通常只有在人惨遭横祸时，其人家才会做诸如"拍手""捶胸"这样的举动。

我手里拿着一块烤得焦黑的肉，小口小口地撕，细细嚼慢慢咽，看起来确实像一只悄无声息的猫。我打算就用这块烤肉度过整场酒肉聚会。我不确定那块烤肉是什么时候落到我手中的，干蘸碟就摆在不远的位置，只要往前倾一倾身子，也许就能够着，但我始终没有把手伸出去。

"小花怎么样？"

"可以……弟弟叫小军，姐姐叫小花，小军小花，还行的。"

直到听见弟弟的名字，我才发现大家在谈论他。

"阿依，给你取了个名字，以后你就叫小花。"他们宣布。

那个叫建国的小男孩跳出来抗议："不行，不干！我不干！不能和我家小花一个名！"

"我的侄儿，那可不一样，她这个'花'，是'花花草草的'的'花'，你家小花的'花'，是'花纹'的'花'，'花斑'的'花'……"

"就是不干，就是一样的！爸，你看，你看嘛……"

我知道此刻正有目光聚在我身上。我感到炽热。我完全没有

189

做好面对这一切的准备，将那块烤肉的残余往手心里藏了藏，将手心往衣袖里缩了缩，又将手臂和身子往阴影里偏了偏。有那么二三十秒，世界静得令人胆战，同时又喧闹嘈杂，轰隆轰隆巨响着，令人发聩。待听觉和心跳的频率渐渐恢复正常，脚下的大地开始在一种虚幻中变软、塌陷，我似乎连同周遭环境一起跌入了无底黑洞，颠来倒去，久久无法落到实地。

"再过些日子，你就要去上学了，得有个像样的学名，全名是——吉小化，'吉祥如意'的'吉'，'花'去掉草头。你要记住。"

妈妈和舅舅们的姓是吉斯，爸爸的姓是比曲，爸爸妈妈离婚后，他们早让弟弟更换了姓氏，随妈妈的"吉斯"取了个"吉"，叫吉小军。现在，他们也要替我换掉爸爸的姓氏，将比曲嫫阿依改成吉小化。我把头埋得低低的，以图达到躲避的目的——躲避目光，躲避语言，还要躲避一些别的什么。

"这孩子，其实还挺像她妈妈的。"

"有股劲，倔，有她妈妈的影子。咱吉斯家，倔脾气可不少。得改，得好好改。"

"她妈妈还好，不算很倔，只是倔了一回，偏偏倔在终身大事上。"

"那人本身还不错，但毕竟是那样的根。"

"不提了，小化长得是挺像她妈妈，挺像我们吉斯家的。看看那眉毛，浓黑又整洁，透着股灵气，再看看那眼睛——我们吉斯家就没有单眼皮和小眼睛。"

"不管像不像，纯白的羊毛披毡，只要一朝蹭了锅底，那黑污也就永远留下了，不是想洗就能洗掉……"

"哎，喝酒，来，好好喝酒，来来来……"

街上吹过带有硝烟味的冷风，时不时从不远处传来一片凌乱的鞭炮声，人们在明暗交错的火光中来来往往。我背对之前逗留的地方，疾步往回走。我的脚步十分轻快，背上仿佛生出了无形的翅羽，整个人轻飘飘的，感觉双脚不用完全落到地面上，只需轻轻一点，空气就能将我托起来往前跃去。院里的人在讨论一些让人似懂非懂的话时，我仿佛获得了离开的理由及勇气。如我所愿，没人想要挽留我，甚至没人留意有人已经离场。

路灯渐次稀疏昏暗下去，我来到街的尽头。背后的夜生活刚开始，这里仿佛已是子夜，需要深一脚浅一脚地摸索着行进。两侧是清一色的平房，青砖砌成或黄土夯成的屋子低矮破旧，似乎已经在此老态龙钟地立了上百年光景。走过河水哗啦啦流动的拱桥，从左到右，最后一爿，就是爸爸和奶奶现在栖居的地方。他们留在这里的目的是求医问方。那是一间被灯光与烟火遗弃的出租屋，没有邻舍，没有行人，局促，潮湿，总是从什么地方散发出一股难以消除的霉味。里面的灯已经熄掉，四处一片阒静，仿佛就要在黑夜之中无声无息地消失掉。

我站在屋外叩响木门。先听到一阵艰难的咳嗽，然后是屋内简短、低声的相互确认与回应。接着，奶奶沙哑的嗓音从屋里迎了出来："谁呀——"

"奶奶，是我，阿依。你们睡了吗？"

"噢噢，原来是我的乖孙女——没睡没睡，奶奶这就来给阿依开门。"

我听见奶奶拉下灯绳并笨拙地下床的声音。伴随一声悦耳的"吱呀"，眼前透出一道橙红的缝，那缝在夜里扩张开来，形成一道门的形状，将奶奶佝偻的身子揽在里面。奶奶捧住我的脸，回来摩挲，试图以此将心中的火热和掌上的体温通过我的脸庞，传递或转移到我身上。

"阿依，你怎么……过来了？这么晚了，你妈妈……会担心的。"爸爸游丝般的气息从阁楼上断断续续地传来。

"我是从大舅家过来的，妈妈不知道。大舅家还在烤烧烤，他们要烤到很晚。爸爸，你……还好吗？"我歪着头朝一片漆黑的阁楼望去，什么也望不见。

奶奶抚弄着我的头发，将那根快要彻底磨断了的橡皮筋摘下来，蹒跚着步子，从挂在黑灰的墙上的军绿色帆布包里翻出一个雪白的头绫子，要戴到我头上来。头绫子看起来很像一朵轻盈饱满的蒲公英——现在回忆起来，已经不是头绫子，直接就是一朵雪白的蒲公英了。我好像曾在什么地方见过它。像梦中，又像是现实生活的幻境里，我不确定。我把头发送到了奶奶手底下。

"阿依，爸爸现在……好多啦！一天，比，一天好。今天还吃了……整整……一碗饭。"爸爸花了很多力气很长的时间，才把这段话说完。

不知从哪一年起，爸爸就在咳嗽，咳得连气也喘不上来，皮肤变得蜡黄暗沉，人也越来越瘦削。奶奶认为，可能是某个惨死的叔辈缠上了爸爸。苏尼毕摩（巫觋和祭师）是奶奶不变的盟友，奶奶一直信任他们。事实上，据说那是一种会传染的疾病。爸爸把出租屋选在这昏暗、偏僻无人的街尾，在阁楼躺着，不与人接触，只在彻底没有人影的夜里，才偶尔在门口摆个小凳子，出来看看月亮，吹吹夜风。我上次见到爸爸时，他已经脱相，让我错愕不敢相信，眼前这个人就是原来那个爱吹口哨，总是露出一口白牙微笑的爸爸。他老了，从一个长发飘飘的青年，一下子成了个骨瘦如柴的小老头。我那时根本没有想过，爸爸有一天可能会离我们而去。我觉得他会一直活着，即使病成了另一个人，也依然存在。

"阿依，乖孙女，在舅舅家吃烤肉，你吃了几坨？"奶奶轻声打探，语气里充满了担忧与期盼。

从我进来到现在，奶奶的目光一直如秋阳般打在我身上，没有离开过。这让我感到心里暖洋洋的，说出来的话，也在不经意间化成了春水般的呢喃，我说："就，就……两块。"

我撒了谎，并试图从奶奶的神情里判断，那究竟算不算一个还过得去的答案。

"噢。"奶奶意味深长地回应一声，又问，"那舅舅他们有没有跟阿依说了什么呢？"

我咬咬嘴唇，再次抬起亮黑的眼来巴望奶奶，想从中获取接近正确答案的启示："他……他们，给我取了个名字，说是……上学用。"

这时候，奶奶已经替我把头绫子戴好，并将一碗卧了两块牛肉的米饭端到我面前。记忆中，爸爸和奶奶的出租屋里没有断过肉食，以羊肉和鸡肉为主。在不停地吃药和输液的同时，奶奶会隔三岔五替爸爸张罗一场法事。她从小迷信法事，就连像肚子疼、发烧感冒这样常见的病，也可能将其与一些奇怪的"病理"

联系在一块，然后试图用法事去了结。而那些法事通常一套一套的，一场未完，又得接上一场。我饿急了，埋下头来，狼吞虎咽地吃起那碗米饭来。阁楼上传来一连串撕心裂肺的咳嗽，咳嗽声还未完全落下，接着是一阵艰辛的哮喘。爸爸的喉咙像是被一团棉花堵住了，呼吸无法畅通。他显然已经在竭力克制，然而那可怕的声音还是会像出笼的猛兽，一次次挣脱出来。我想象得到：正有一只看不见的铁腕扼住了他的咽喉。

"他们，给阿依取了个……跟弟弟差不多的名字吧？"

奶奶的目光第一次从我身上移开，不自主地在什么地方游移。见我仰起脸来看她，她立即做出调整，回应了一个尽可能显得明媚的笑——事实上还是很失落。

"但我不喜欢，我还是阿依。"我说。

"好孩子。"奶奶伸出手再次抚摸我的额头，然后第一次不加节制地走神，唠唠叨叨，变得像个梦中人在呓语，"……没什么。不过是过去一些……由不得人的事，背上了这样一个……不是很好的名头。都过去了，早已成为历史。猪肺向来是肉，杨树一直是树，人也仅仅是人……"

我吃光碗里的牛肉和米饭，趵趵几步跑到屋外，要拧开水龙头饮水解渴。那水龙头可能锈住了，很难拧动，我换了个便于借力的姿势，使上更大的劲，才把水拧出来。我把嘴对上去，咕嘟咕嘟喝了很久，但那晚的水好像不解渴，我怎么也喝不够，就像是在梦里饮水。

"妈……妈。别，别当着，孩子的面，说，这些。咳……咳咳咳……阿依，你舅舅他们，有他们的打算，他们让你叫小化，你就叫小化嘛。没事。这些……只是面上的东西，不必在意……阿依或小化，都不可耻……"

我跑回屋里，仰起脸，满面春风地朝阁楼上喊："爸爸，我在河里泡了一捆杨树枝条，很快，它们就会长出密密麻麻的根须。等天气更暖和一些，我们又一起去种树，好不好？"

"好！咳……阿依，爸爸一定，带你去。咳咳……镇上没有杨树，阿依是，在……哪里找来的呢？"

"是我从镇外扛回来的！我走出很远很远，才从桉树林里找到一棵杨树，它很细，也没有山上的高，叶子落光后，似乎不会再长出新芽来啦。"

"杨树耐寒，镇上气温高，可能……不太适应吧。爸爸也……不太懂……"

我站起身来，从怀里变戏法似的摸出那个在身上捂了一下午的鸡蛋，将它放到奶奶摊开了的手掌上，并大声告诉他们："我明天要拿着它去桥头找毕摩老人，让毕摩老人好好算一算，爸爸究竟得了什么病。"

就好像由我发起的法事会有不一样的力量，将会像春风让所有事物焕发新生一样。我猜想爸爸和奶奶的心里大概清楚，我的做法无法改变什么，毕竟他们做过了许多次尝试。当然，那不妨碍他们按照习惯，用针尖在鸡蛋上挑出个小口子，在爸爸身上拂拭一圈，让他对着口子吹上一口气，再像交出一份新的希望那样，把鸡蛋交还到我手中。我把它重新收回口袋，并用手轻轻捧护住。

经过一番出神，奶奶恢复到最初那副不慌不忙、温和镇定的神态，她将梨木拐棍拄在地上，缓慢地站起身来，用老树根一样的大手包住我肉嘟嘟的小手，悄然将我送到门外。然后，她独自站在黯黑的天幕下，目送我朝灯火通明的方向走去。奶奶太老了，眼神不济，很快就看不见我的身影了。

我的身后又是一阵难以持续，同时无法遏止下来的咳嗽。那咳嗽声在夜里彻响着，犹如一辆锈迹斑斑的拖拉机正在艰难地爬行一段很陡很陡的坡路，抖擞出滚滚浓烟，似乎随时都有停止工作的危险。我在路灯下驻足停留，眨眼倾听，直到背后那片昏暗的出租屋停止喘息，灭了灯，就跟我来时一样，又陷入了彻底而长久的平静，我才继续往前走。我手底下那个鸡蛋在口袋里发出了原本没有的温度，且越来越明显，越来越灼烫。我没有把它掏出来看一眼，可我坚信，此刻它已变得金灿灿的，就像一轮初升的红日。

一片寂静中，爆发出烟花呼啸着冲上天幕，并在夜空中绽开的声音。先是一发，接着又是一发，然后接二连三的烟花冲上天去，将小镇上空幽蓝幽蓝的夜幕映亮。我抬起头，恍然跌进了一个全新的幻境，或者是一个从未做过的梦。那梦中没有林子，没有溪流，没有鸟鸣，光是飘满了夜空的蒲公英——不再是雪白的蒲公英，而是七彩的蒲公英，绚烂的蒲公英，炸开时放射、流溢出夺目的光彩，同时伴有尖锐的撕裂声响。

我往身后望了又望，那扇紧闭着的窗始终没有再亮起来，它融进黑暗，成了夜的一部分。

不存在

的

声音

只要听信过一次误敲的夜铃声，那就无可救药了。

——卡夫卡

# 1

总有一阵风在吹，呼啦啦，呼啦啦。风还未歇，雨又开始落。那雨不密，但结实硕大，落在瓦砾上，化进草丛间，沙沙沙，沙沙沙地响。变天了吗？你趿上鞋来到门口，夜潭盛满了晃悠悠、亮堂堂的月光，和白天没两样。你惊惶得迈不开腿，瞪着眼将吉斯嫫从梦中唤醒过来。吉斯嫫揉揉睡眼，支起身子，让目光穿透窗玻璃，说你可能听错了，外面没有吹风，更没有落雨。你躺回床榻，静静等待风吹雨落声再次响起。

熄了灯片晌，声音又来了。你让吉斯嫫聆听。听到了吧，这回是否听到了？那是江水逝去，拍在岩上的声音，哗哗，哗哗。江水激荡着朝前涌去，远处刮来一阵好大好大的风，呼——呼——，以拔山的气势横着扫向灰茫的山野，松涛就在山谷里悲鸣了起来，像万千山民隐没于深林一齐呐喊、呜咽。

吉斯嫫说没有听到，什么声音都没有。她和木聪、木聪媳妇纷纷表示，你可能只是怀念往日时光了。

你的童年、青年、壮年，在金沙江畔度过，你们屋后的山脉上，长满了像年轻人的头发一样稠密的松树，你和江水流动的声音，还有松涛，是知根知底的老伙伴，但那里早不是你们的家了，那里所有房舍与田地已经消失。头戴安全帽的人开发了梯级电站，你的房舍和田地变成现钱，为你和吉斯嫫在供孩子上学及成家上帮了很大的忙。你们现在住的这两间屋子，在离江边足有二十里远的小镇上，只不过是一棵供避雨歇脚的大榕树，终究成不了安身立命之所。你并不贪婪，只要能扶孩子们走上飘飘摇摇的人生路，你和吉斯嫫有没有家，早算不得一件值得惦挂的事。

那些风吹雨落的声音响了几天，开始有人在争论。争论声起初不大，隔着几道厚墙，你一句我一句，从早到晚，从黑到白，连抽支烟的时间也舍不得歇息。你茫茫然走出屋门，寻寻觅觅，赤脚踏到地面上并不觉得冰凉。周遭还是没人聚会，争论声却越来越大，越来越近，仿佛就在触手可及的眼前，由开始的两个人变成三人、四人，还出现了猫叫一样充满戾气的女声。你向吉斯嫫和儿子木聪、儿媳打听，听到没有，这回总该听到了吧？他们凝神倾听，大气不出，却还是什么也没有听到。

你也就明白了，他们都是凡人，所以听不到，而你是个苏尼（彝族巫觋），穷尽一生在跟那些看不见的邪祟、亡魂打交道，只有你能听到，实际上一点儿也不奇怪。你曾替乡亲父老驱魔赶鬼、招魂赎魄，脑袋里装满了《招兵经》《指路经》《招魂赎魂经》，哪怕唱上三天三夜，也用不着重复一句。在你年轻力壮的岁月里，没有邪祟会在你面前放肆——至少不会这样明目张胆，但现在，情况发生了变化，你已经不可阻拦地老去了。

——要变天，这幽深神秘的天，正在蕴蓄某种不可预知的变数。

# 2

你们敬天地万物，得明神祖灵护佑，与邪祟戾气共处，每年请毕摩（彝族祭师）到家里完成两场法事，一场应当在万物复苏的季节，一场则在草木凋敝的时候。毕摩诵念经文，为你们祈福纳祥，禳解灾病，使阴阳调和，人鬼两界互不侵扰。但自从三儿子土聪考上大学，小女儿欧扎考进州重点中学，家里就没有再用山羊去完成过法事，每场只用一只公鸡去应付，法事变得愈发冷清。难道该来的不该来的终究还是要来了吗？

夜里无法入眠，屋里屋外全是男人女人的声音，你一下一下地翻着眼皮，捕捉他们议论的主题是什么。他们说谁这不好，谁那不对，你忍不住插了句嘴，说指摘别人……可不好，他们转而把矛头齐刷刷指向了你。他们说起话来，像马儿吃草，个个伶牙俐齿，而他们的语言则是凌厉的风，无孔不入，净往那牛角尖钻。不知熬到什么时辰，你终于有了点睡意，刚合上眼，有人在黑暗中直愣愣地对着你的耳朵说："你的大儿子被抓走了！"

你几乎感受到了他阴冷的气息，弹坐起来，张开像口烧干的铁锅一样干涩的嘴，就惊叫："木聪他娘！木聪他娘！"同时把手伸进枕头底下，一阵摸索。你没有摸到手电筒，一定是被提早拿了，他早有预谋。你加大嗓音继续叫喊："木聪他娘，开灯！快！开灯！"

灯亮了。眼前的黑暗变成熟悉的环境，屋内并没有第三个人。灯亮起来时，按说应当伴随一声响亮的"啪"，今夜却没有！你看见吉斯嫫已经来到床前。她披头散发，好像在说什么，但只有嘴巴在像池鱼一样张合，分明已经失声。

你说："木聪被抓走了，快去看看！"

吉斯嫫脸上浮动的疑惑凝成恐慌，凑近你的耳畔："啊？谁抓走了木聪？为什么要抓他？他做错了什么？你……你，你做噩梦了吧，没什么动静啊！"

汗珠长了利爪似的爬过你的脸庞，你明确告诉她："我没睡，他们吵得我睡不下，我一直睁着眼的。快，快去看看木聪！"

光脚从床榻踏到粗硬的地面，像垂死的鱼落到甲板，你来到房间另一头。那里摆放了电饭煲电磁炉、马勺竹筷等，你想找到一把用竹枝扎成的扫帚，没能如愿，家里已经许多年没有使用那种传统扫帚了。你只好将那把从超市买回来的塑料扫把横在地上，像过去每次从噩梦中惊醒后那样，举起斧子剁下去，同时大声咒骂："剁厄运，砍噩梦！打狗攮之，杀鸡祛之……"

干脆的扫把被你一斧子剁成两截，一头跳起来砸在你的脸上，热烘烘的鼻血立时涌将出来，滴滴答答淋在手和斧柄上。

木聪和木聪媳妇夺门而来。木聪这个可怜的老实人，都这种时候了，上来还想着给你止鼻血："爸，您做噩梦了吧？我没事，我睡得好好的，我很安全。您……您一定是做噩梦了，不要担心，梦都是假的，梦并不能预示什么。"

你观察到木聪的脸上确实没有擦伤碰青的地方，脖子和手臂上也没有绳索、铁链等勒过的痕迹，知道他们没有骗你。就在这时，那声音再度冷不丁地冒出来："你的老伴要被摄走！"

他所说的摄走，是指摄走人的魂。再没人你比清楚，假如一个人的魂被摄走，他也就活不成，即便是生辰最好的，也活不过三个春秋。你一把抓住吉斯嫫的手腕，朝右上空声源方向发起质问："是谁？谁要摄走她？她没有罪过，为什么要对她下手？"

吉斯嫫和木聪对着你张嘴说话，看起来十分焦灼，却没有半点声音。你告诉他们，人世的声音已经被来自另一个世界的声音替代和掩盖，并把耳朵凑向他们，终于听到吉斯嫫在打听："哪来的声音？没有声音啊，你听错了吧？"

总得行动起来，总得干点什么。你到柴堆里挑了根称手的柴棍，把鞋带收紧，挽起裤脚衣袖，免得妨碍行动。你有些后悔当年响应禁猎号召，亲手烧掉心爱的猎枪，如今到了生死关头，用武之地，却连个称手的家伙也没有。你一把老骨头，倒没什么可贪恋的，但你还有家人需要周全。

"孩子！木聪，快！快去保孩子，孩子们要被掳走！"


3


你走到屋外，抬起头看了看天，很好的月亮，月光映在大地上，安谧得出奇，正如那暴风雨来临前的宁静。

冷飕飕的山风黑魆魆的，排着队形一阵接一阵掠过，裹着人临终前的声声叹息，和浓稠的血腥味。

难道维持阴阳平衡的天平，果真倾斜了吗？


4


请来了一位头戴黑色法笠的年轻毕摩，并牵出一只盘了三圈羊角的大公羊。倘若一切尚且不迟，确实应当还一场隆重的法事回去。这毋庸置疑。

随着毕摩的念经声，那些吵吵嚷嚷、喊打喊杀的声音在削弱，在远去，从耳根到窗棂，从窗棂到屋檐，飘飘荡荡浮到了半空中。木聪握着一个鸡蛋在你身上拂一圈，让你往蛋里吹一口气（那里用针尖挑了个小口子），再把鸡蛋递交到毕摩手中。毕摩念念有词，将鸡蛋打入一碗清水中，执艾叶拨弄着，从蛋清蛋白的分布状态等，做出诊断："两男一女的亡魂，上了你的身。"

如果只是这样，情况还不算太糟，请个有声望的苏尼来跳神，大概就能禳解。苏尼会用羊皮鼓和唱腔还你一片安宁，就怕……

到了傍晚时分，那些声音从天边沉下来，穿过窗棂，再次开始骂骂咧咧。他们对你发出质问："你有什么理，竟敢请毕摩来作法？你这是在谋害我们的性命，想让我们永无安宁之日。你好狠！"他们咒骂你、吆山歌，挑起矛盾，一刻不休。如果没有记错，吆山歌的那位女声已去世多年，你依稀记得她的音色，恐怕你曾为了替哪家人禳灾，开罪于她，她一直在暗地里虎视眈眈，伺机报复，直到终于把你的白齿一颗颗等脱落。有人在弹奏月琴，他的月琴弹得很好，然而并不动听，只是刺耳，令你心悸，一声一声扎入胸膛，钩在肉上，搅着心窝，像是要放谁的血。

你大声争辩："请毕摩作法，是为了自保，并不想害谁的命。谁的命都是命，为什么要害谁的命？我们只是在祈安康，只是在自保！"

手握一块羊肉的小孙子张开嘴巴，哇哇大哭起来，眼睛却直勾勾地盯着你。木聪和吉斯嫫又在跟你讲话，可听不清，有更加混乱的声音将其淹没了。木聪想凑到你耳边说什么，被你用手挡开，你听到那伙人在窃窃私语："将那个嗷嗷哭的娃娃饿死掉！将他手中的羊肉变成毒药！"

你棒喝一声，让木聪赶紧抄家伙，保护孩子。他没有采取行动，只是一味要附到你的耳旁说什么。你怀疑这个老实人的心思已经被那伙弹琴唱歌的亡魂蛊惑，或者慑服，打算眼睁睁看着孩子遭毒害。你希望他能清醒过来，朝他疾呼："木聪，用不着害怕，要勇敢起来！咱父子拧成一股绳，跟他们拼个鱼死网破，保全家人！"

你翻出一根柴棍，劝了很久，木聪总算勉强接住。看他那垂头丧气的样子，你想捶他一拳，好让他清醒过来，旋即又意识到，他只是个可怜的凡夫俗子，就跟牛马、木桩、石头一样，什么也听不见，什么也不知道，可悲又可怜。

苏尼来了，是个板实、让人放心的年轻人。他摇晃着头颅，轻轻敲响羊皮鼓，唱起了经，要驱逐那三个带头作祟的亡魂。

作法过程中，你的静脉一直输着药水。药物和医生是治病救人的能手，平时头疼脑热，或者有别的什么身体状况时，向来很管用。尤其这些年有了医保，人们不必再像以往那样，不到要命的地步，就只在家里硬扛。然而到了现在这种时候，药物和医生已无法插手，你的身体状况很好，没有任何不适，他们显然没有办法对付那些看不见、摸不着，甚至就连你们毕摩苏尼也很是头疼的亡魂。你很清楚这一点。如果不是迁就家人，你绝不接受这一件白白浪费药水的事。

法事做到了大半夜。那伙弹月琴、吆山歌的亡魂只歇了稍稍一段，再次泛滥。他们载歌载舞，吹拉弹唱，嬉笑怒骂，无所不为，将所有矛头对准你和你的家人。他们对请苏尼来跳神的事没有再计较，但那种不计较分明比计较更让人脊背发凉，那意思好像在说，你们就做吧，使劲做，等你们做完，一并算账。

他们还有援兵！他们的大部队正在后头赶来。素来只有搬动了兵，把别人视为草芥蝼蚁的人，才能有这般凌人的架势。他们在半空中弹琴唱歌，只是在等待那一波滔天洪水般的援兵。

乾坤颠倒，阴阳混乱，毕摩和苏尼也已经奈何不了他们！不能再做法事，那不过是在负隅顽抗。得跟他们沟通沟通，讲一讲理，看在你们这一家老小从不做缺德事的分上，也许……

"我们有什么罪？我们从老人到小孩，本本分分兢兢业业，没拿过一根针，没拔过一个圆根，没讲过一句恶言……你们说，我们有什么罪？

"你去世时我去了的，休要诬赖。我几时欠你一头牛了？我一向主张厚养薄葬，我的老母亲去世，一切从简，不也没让你拿一分钱吗？我……怎么就欠你三头牯牛了，你说，你是哪家后生？孩子们要上学，要修房，要娶妻，我还有三个儿子没有成家，拿什么牵三头牯牛去给你送葬？别说习俗，别说规矩，你尽孝也好，摆阔也罢，是你的自由，那你不要让亲朋去分担。你不知道别人扯出肠子当腰带，薅下头发当柴草，砸锅卖铁去帮的你吗，还让不让人活？

"这样不行。真的。规矩是要不断摈除不断修正的，要从实际出发，不能闭了眼咬着牙，一直扛下去。自古改变得出路……"

夜里，你与他们的争论变成争吵和辱骂，他们很生气，个个把话说绝了，骂你是铁公鸡，齐啬得直哆嗦，说你无视习俗，破坏规矩……什么话难听挑什么，什么事伤人提什么。你虚汗淋淋，时不时要发出一连串战栗。

只要援兵赶到，他们就会像洪水一样扑上来。而你，再也无法阻止他们，昔日那个呼风唤雨、无所不能的你，在六十八岁这一年秋季的某一天，像一棵遭雷公劈过的大树，突然枯了，老了，再也无法在风雨中挺立。


5


天上没有太阳，没有月亮，也没有乌云，光是黑乎乎一团，像个巨大到没有边沿的无底洞。

门口倒着长了三棵垂柳。冒着热气的鲜血从沟里往山顶溯流而去。远处的层峦叠嶂，无时无刻不在倾塌、瓦解，轰隆，轰隆隆……

桌上一个碧绿的打火机，转眼成了紫红色。

你踉踉跄跄走出屋门，回首一望，来路不见了，房屋不见了，亲人不见了，眼前净是金灿灿、白花花一片，无论朝哪个方向探出步子，都是深不见底的深渊。

<br>

6

<br>

亡人被抬着，朝你们家来了。他们从山对面的坟茔里打着无数支火把，正浩浩荡荡地赶来。不止一拨，从不同方向，沿着百转千回的山路，把黑夜都给点燃了起来。这些亡人中，有亲戚，有熟人，还有故交和镇上的官员。亡人着黑色寿衣，覆盖黑色棉被和乳白色百褶披毡，躺在松木担架上，由四个健壮如牛的青年用肩膀扛着。后面跟了一大拨人，大部分有说有笑，像去某个地方赶集，小部分则捶着胸口，痛哭流涕，妇女小孩悲戚，老人男人激愤。说你们家请毕摩苏尼连做三天三夜法事，咒死了担架上的人，他们要把亡人抬到你家门口，讨要公道。

你已无法分辨这究竟是亲眼所见，还是心中所念，在你看来，二者早已面目模糊，像月光和水、现实和梦境，相互浸染、交融，没有任何差别。

你承认，曾在背地里批评过那位官员，同时你发誓不曾诅咒过他，更没有想过要谋害他的性命，天地日月，列祖列宗，将会为你做证。二儿子考了三次工作，三次笔试很好，却都没能通过面试，好心人奉劝，到县上跑一跑，疏通疏通关系什么的，你没有听，固执地认为，争来抢去，受害者还是老百姓自己，你一分钱也没有使出去。二儿子跑到外面去了，已经很长时间没有打电话回来。

你确实没有牵牛去送葬，但他们应当理解，这也是在为他们后人减负。你牵一头牛过去，将来他们后人得牵一头更大的牛回来——甚至是两头。没有必要，人死如灯灭，用不着那么兴师动众。他们不那样认为，他们相互帮衬，彼此依存，恨你，骂你，要包围你一家老小，所以他们来了。

——走。事到如今，唯一的办法就是走。远走高飞，逃离这个是非之地。一刻也耽误不得。

你把木聪叫到身旁，翻出纸笔，悄悄写下一行形如蝌蚪的彝文：走，带上孩子，夜里偷偷走。

木聪上过扫盲夜校，认得一些简单的字。他没有直接回应，却把嘴附到你的耳边，大声说："爸，别怕，不会有事。我们已经打电话给土聪了，您这是一种病（症），叫个……什么……花，花听……对，就是花听。您这是花听了，不是真有这些声音存在。我们打算带您到省城的大医院去看看，天亮就走……"

墙上嵌满了溜圆的眼睛，空气中长满了直竖的耳朵，他这么大声说话，这下别说走不了，就连土聪这个暂且处于安全环境的人也暴露了行踪。你分明已窃听到那帮人在谈论土聪，信誓旦旦要进城掘地三尺，把他翻出来，戴上高帽子，游街示众。

"我和吉斯嫫掉了一头毛发，供几个孩子读书，给他们谋划出路，哪里得罪你们了？你们有什么理，尽管说出来！"

"爸，别听这些声音。没有声音。不要害怕，什么危险都没有，你只是花听了……"

这个不争气的孩子，他的脑袋已经彻底不清醒，他甚至让你去安心睡会儿觉，糊涂程度可见一斑。你只好再次提醒自己：他只是个可怜的凡人，什么也听不见，什么也看不见，怪不得他。

他们的大部队也已经赶到，光是现身的，就黑压压一片，排在天上，遮去了半壁天。没有现身的，化成镇上的人，化成那些你所熟识的人，甚至是你身边亲近的人。表面上看，他们还是他们，实际上，他们已不是他们，他们只是一个个无法自知的傀儡。他们遁入暗地，准备向你和家人突施冷箭。他们备足了十万支箭矢，将会在某个时间点，准确无误地，像雨点那样落下来。

你们一家老小就算插上翅膀，恐怕也难以逃脱了。


7



上天垂怜，祖宗显灵，神鹰现身了。黑褐色的神鹰，身躯庞大，目光如炬，张开翅膀能使天空暗淡下去，从头顶掠过时，树木纷纷为之倾倒。那是英雄阿尔的神鹰。阿尔跟你英武的爷爷是至交，特来解救其陷入重围的子孙。阿尔和神鹰洞悉世事，知道你一家老小没有罪过，不该陷入这样的重围。

你把家里的存折、现金、银饰、户口本、身份证，统统翻出来，摆在门口，迎候神鹰。有个声音向你透露，这些东西能让神鹰的出入更加顺畅，从而及时解救你一家老小。你让吉斯嫫和木聪一家在门口排好队，朝东边将会升起红日的方向站成一排，年长的排两头，妇女儿童排中间。你告诉他们，神鹰会前来搭救。

你竭力阻止，他们磨磨蹭蹭，就是嗅不到危险的气息，只有那两个依然保持清醒的孙子服从安排。你每次让他们换地点排队，他们总是拖泥带水，没有积极做出反应，使得神鹰在空中盘旋，迟迟未能顺利落下。

你意识到，得使用计策，不能蛮干，于是做出一副心平气和的样子，耐心与他们交谈。效果果然不错，经过一番劝导，他们终于认识到形势危急，点头如捣蒜："是。是。我们相信你说的是真的。相信你是对的。那么……我们就走吧，你带我们走。"

汽车一路飞奔，那群弹琴、辱骂人的"亡魂"在汽车右后方的上空一路尾随，汽车快了，他们加速跟上，汽车慢了，他们又放松下来。你试着和他们缓和关系，他们说渴，你拧下饮料瓶盖；他们说饿，你把鸡蛋剥了皮，举到半空中；他们提钱，你在木聪那里索来两百元人民币，展开了放在车窗口。一转眼，钱不在了，不知被他们中的谁收了去。

从小镇到省城的过程中，刚刚亮起来的天又倏地黑了下去，那群抬着亡人朝你们家赶来的亡魂与傀儡知道你坐车逃走后，也改变方向，朝省城追来。车跑得快，路绕得又远，他们似乎暂时跟丢了。但你的心里明镜似的，只要是路，走下去总会到，他们很快就会追上来，必须时时刻刻提防着，不能松懈。

你看到儿子土聪和小女儿欧扎了。但那群弹琴唱歌人还跟着，情况危急，你佯装看不见他俩，把他们当作陌生人，挥手示意，让他们离去。他们非但不离去，还越凑越近，让你别怕，有他们在，任何危险都靠近不了。他们的胆量使你欣慰，可惜他们没有搞清楚状况。你把实情告诉他们，央求他们离开，他们却说医学上有这种病症，只是无法用彝语准确、形象地翻译给你听。解释来解释去，依旧只能是"不存在但出现的声音"，正好囊括了你所说的亡魂、邪祟等发声特征。

土聪又做出解释，说那些声音本是不存在的，只因你出现了精神病变，才导致它们产生。就像别人不知道、无法理解你的苏尼咒语一样，你也不知"精神"为何物，许多抽象的概念无法翻译、解释到你的语境和认知里去，打成了结，越想解开，也就越乱，结得更死。表面上看，这是语言的苍白，实际上，这是平行时空之间的裂缝，这鸿沟的距离足有百年之远。你将那一对没有见过飞机、轮渡与大海的眼珠子瞪得溜圆，急出了豆大的汗珠："我好好的，怎么说我病了？我又不是个三岁小孩，病没病，听没听错，我难道没有分寸？"

土聪和欧扎劝你不要迷信，要相信科学。他们甚至在纸上写了几个汉字，说那是毛主席讲过的话，叫"崇尚科学，破除迷信思想"。是的，你年轻时，也常听到这句话，它像一段烂熟于心的旋律，深刻地印在你的脑海里，只是至今你也不知道，它究竟是什么意思。而科学又是谁，难道有里史朔古（彝族巫觋祖师）那么神通吗？如果没有，你恐怕宁可相信天上那只似有若无的神秘鹃鹰，也不能轻易相信这样一个子虚乌有的人。在这一判断上，你还是相当果敢，六十八个春秋的生活教会了你这样的决绝。

这两个读书人也是糊涂的。你们在街上争执着，他们让你上车，你让他们离开，最好像他们二哥那样，躲到一个你连名字也说不出来的地方去。可这两个读书人就跟木聪一样麻木，看来这么多年的书白读了。

一辆闪着蓝光的车来了，下来令人毂觫的三男一女。他们和弹月琴的那些亡魂是同伙，但孩子们无法识破。他们让你上车，你试探他们："要到哪儿去？"

他们佯装听不懂，做出面露疑惑的样子，土聪和欧扎做出解释："他们扮的是医生。"这时扮医生或警察，恐怕是最好的，他们很聪明。然而你也不傻，你是老了，但心思和眼神还敏锐，你面不改色，和他们周旋："我又没生病，为什么要去你们那里？你们那里又不是旅馆。"

他们笑了，笑里藏着刀："大爷，你是没生病，没人说你生病了呢。我们那里就是旅馆，没事，去休息一下，走嘛——"

你抱住路灯杆子，让孩子们快跑。这时候逃，或许还来得及。

那三个男人失去耐心，露出本性，开始动手。他们抓住你的手，抱住你的腰，搡你，拽你，硬要把你往那辆可能会驶往阴间的白车里送。纵使今天在劫难逃，你也得争取一些时间出来，让孩子们逃走。你使劲踢蹬，用头顶撞，把住车门，给他们制造一切可以造成的麻烦。然而你干柴般的肌肉挤不出更多力量，只得用被割破喉咙的公鸡一样的声音发出叫唤："快跑，孩子们，快！爹一把年纪了，无所谓，你们还年轻，可一定要逃掉！爹给你们争取时间……"

　　他们仨不但没跑，反而跟那伙人合力把你扭进车内，还主动跟着上了车。你惊愕得说不出话，心也凉了半截，放弃抵抗，只管让眼睛变得湿湿答答的。

　　他们有的是力气，却完全使错了方向，他们活在噩梦里，你却叫不醒他们。


8


　　祈盼神鹰再次降临，一直不见现身，你却被羁押在了一张铁床上，再没可能逃脱。孩子们没有被捆绑起来，他们的脑袋已经坏掉，显然没人担心他们会逃跑。就像那些被圈起来的牛羊，它们不知道自己的生死正攥在别人手中。

　　你旁边还有人被绑在床上，正做着徒劳的挣扎。这个地方，很多人被关着，大概是从各地缉拿回来的。这里大概就是那帮弹琴唱歌的亡魂的老巢。

　　你终于参悟出他们捉拿你的真正原因了，说你请毕摩苏尼作法咒他们，说你不牵牛去参加葬礼，说你冒犯官员，说你不使钱给孩子谋求工作……统统只是由头，他们真正的目的，只是要消灭你。这是动机，也是目的。在他们眼中，你是怪人，是异类，身上长满别样的汗毛，理应遭到围剿。而你的家人，是被你连累的。

　　你有了一些安慰，知道自己也算是就义了。同时你意识到，只要还被困在这个地方，未被彻底消灭，孩子们就还有后顾之忧，不能果断逃走，你必须做出一些了断。你打算彻底放弃抵抗，将身子躺平了，只等他们把滚滚的油锅端上来，亮出寒光闪闪的利刃，尽快来为你行刑。

"土聪，你来，爹嘱咐你最后几句话。

"你们的哥，已经挽救不了，这不能怪他，你和欧扎大概还有救。他们没有把你们关起来，想来还是比较信任你们，等我被处决以后，你们找准时机逃出去，逃得远远的，越远越好，不要回头……"

土聪握住了你的手，那是一双冰凉的手，就跟死人的手一模一样，他说："爸，我们这是在救治你，你出现了一种叫作幻听的病症，也许还有幻视。这里没人要害你，你会没事的，我们都会好好的，你不要担心……"

"孩子，爹都被拷上了手铐脚镣，你难道看不见吗？爹老了，再也改变不了任何局面，但你们不能放弃，你们是无辜的，应该逃走……"

你看到欧扎在流泪，她还是个高中生，才十六周岁，你说："也不必害怕，欧扎，我的好孩子，眼泪改变不了什么，就算牺牲，我们也要光明磊落，顶天立地。这是我们最后仅有的……"

"爸，那不是手铐脚镣。我们是你的孩子，怎么会害你？就像你不会害我们是一样的，你一定要相信我们，把我们的话听进去……"

"爹相信你们，也知道你们不会害爹，只是，你们被蒙蔽了双眼，有些事你们看不清，毕竟你们只是凡人，不像爹，是个苏尼。你们不知道他们把我押在这里的真正目的，他们假扮了医生，他们扮得很好，没有任何破绽，骗你们说是在救治我，你们信了。你们没看见那些人吗，全被关押起来了，有的跟我一样，也戴上了手铐脚镣，就快行刑……"

"爸，你已经三天三夜没合眼，也没怎么进食，任谁都扛不住。你的意识模糊了，分不清现实和幻象，你需要好好睡一觉，只需要好好睡一觉，就能清醒过来……"

## 9

木聪被推到山崖下去了，吉斯嫫和木聪媳妇也被押到了西边太阳落山的地方。你听到了他们的呼救。他们的惨叫声正在山谷里回响，就像你小时候在山谷里饿哭了，呼喊妈妈的回声。

那群人浩浩荡荡地追了上来。追了千山万水的路，他们也老了，就跟你一样，目光由锐利变得柔和，神情由凶悍变得悲郁，衣裳破破烂烂，不成样子。他们佝偻着嶙峋的身子，扛起一块块磐石，而不再是亡人，脸都贴到了烧红的地面上。无数磐石在他们头顶拼接起来，连成一片黑压压、硬邦邦的天。他们的赤脚嗞嗞嗞冒出焦臭的青烟，天地间回响着嘎嘎嘎的咒语，那是骨头与骨头相互挤压，发生畸变与碎裂的脆响。

他们要把那个由磐石拼接而成的天空放置下来，使天地闭合，回到支格阿尔开天辟地以前，以此达到消灭你和你家人的目的。他们下了血本，打算同归于尽！

神鹰又出现了，不止一只，是无数只。它们在五颜六色、混沌不清的天空中织密地穿梭、滑翔，来来回回，忽上忽下，行动轻巧敏捷，带着风的呼啸和雨的杂乱。它们让你把门敞开，把窗玻璃敲碎，透点气出来，留条缝出来，它们就能俯冲进来施救，在天地闭合之前，带着你和家人远走高飞，逃往另一个世界。

——孩子。还有两个孩子是清醒的，他们是最后的希望，一定要把他们带走！

你让土聪把存折、银行卡、社保卡、身份证、户口本、人民币……统统掏出来，供在窗口上。

"来啊，来！把存折拿走，这些也拿走，统统拿走。不用带我走，带不带土聪和欧扎也不要紧，但一定要带那两个孩子离开！他们还小，什么也不知道，他们是无辜的。来啊，来！快来……"

进来了两个白色的人，只露着一对蓝幽幽的眼睛，端着什么，举起一根针管，在那里叽里呱啦地说鬼话。你的臀部像是被蜜蜂蜇了一下，眼皮不受控制地疲软了下来。你知道，你这眼睛只要一闭上，也就无法再打开。你试图让眼睛多睁开一会儿，看着孩子们，也看着那两个白色的人，然而已经没什么用，你身上的力气正在迅速消失。

## 10

　　天与地，日与月，像一团黑乎乎的梦，被风，或者别的什么东西用力攫住，撕扯着，扭曲着，啃噬着……

雨一直下

醒来的时候，雨还在淅淅沥沥地下。门前马路上雨滴不断摔碎，没有消停过片刻。它们从天上落下来，不疾不徐，既像是要赶往某个地方，又像下雨本身才是最终目的。一股令人窒息的秩序与下坠感正在雨中排列。没人知道这场雨究竟下了多久。

　　拉聪已经穿好运动套装和布鞋。我们需要沿着街道去赶清早的客车，它大致会停靠在街中心某个位置。我们这里只有一条公路可以通往外面的世界，每天只有一趟客车离开。我们耽误不得。但雨伞不见了，像长了腿把自己藏起来，到处找不到。我们不得不翻出两个宽大的蛇皮口袋，扣在头上当作雨披使用。雨滴落在蛇皮口袋上，噼噼啪啪十分热烈。应该不难想象清早在雨中赶往某地时的窘迫场景。有人重重地摔倒在积水路面上，骂骂咧咧地爬起来，但完全听不见他说了什么。不好确定是否是雨声掩盖了他的声音，这路上喧哗嘈杂，一片氤氲，根本看不清十米外的招牌，更听不清几步外的声音。人们把裤脚捞到小腿上，埋着头，行色匆匆地经过，像是要赶往某个一生只去一趟的地方。

　　所有需要离开的人都指望着这唯一一辆客车。客车成了空间狭小的集市。车内空气污浊，各种气味混杂发酵，座位也很紧张，向来不标座号，也不提前售票，表面遵从先来后到的规则，实际上，以我丰富的乘车经验来看，来得再早也无济于事。总有人有办法在你赶到之前，将座位据为己有。十几年来，在客车满员的情况下，我几乎没有抢到过座位。我倒无所谓，但拉聪很少外出，坐不惯车，他需要一个靠窗的座位透透气。我使出浑身解数，然而未能如愿，只得看着那些座位被屁股填满。别人的父亲总是拥有强健的体魄和粗暴的脾性。

我为拉聪找了个有扶手的角落，面前就是车窗。我则站在他外侧，用身体将他护在浑身冒酸味的嘈杂人群以外。

客车经过小学，我发现张贴在校门口的升学考试排名榜已破烂不堪。或许它曾被三到五只手粗暴对待。一些家长和学生认为，那张榜单在扯淡。胶水很牢固，榜单和墙体几乎成了一体，那几只不知出于愤怒还是羞愧的手，几次都没能将它彻底扯掉。我和拉聪是昨天下午接到通知的。通知经由电话传送而至，让我们明天到县城关小学参加面试。通话很匆忙，对方没有表明身份，我想那确实也无关紧要。那是一所市里的中学，教学质量很好，数一数二，每年都会到我们这里来录取三名学生。以往被这所中学录取的学生，后来都考上了很不错的大学，成为市里的教师或坐办公室的公职人员。那是有太阳照耀的人生，我羡慕那样的人生，希望拉聪也拥有那样的未来。遗憾的是，升学考试中拉聪发挥失常，只考了年级第七。猝不及防，这无疑会大大降低他被录取的概率。但我们决定还是要去试一试，毕竟这是他六年来第一次跌出年级前三。我们得做好准备，将这一信息透露给面试老师。

客车驶离小镇，沿着绕来绕去的盘山公路进入橡树林。雨水汇成的小溪不断从林中冲到公路上来。客车经过第一个人群聚居地，有乘客到达目的地，站着的乘客们都盯着他屁股下的座位。但在他还未起身之前，跟车的检票员已经安排一位姑娘在其身旁蹲守。姑娘很清瘦，瘦得快无法分辨性别。我这么说，是因为她的身形外貌使我想起了曾经的一些朋友。我们一起鬼混，一起进戒毒所。他们也很瘦，总是拥有相似的身形、外貌和眼神，甚至是心灵。那是我唯一一次进戒毒所。我那些朋友不一样，他们进戒毒所的次数，手指加上脚趾也未必能数得过来。他们当中也曾有人想戒除毒瘾，但总会在某个难以预料的时间点宣告失败。我们做过许多荒唐事。有次我们饿极了，去一家饭店点了七八个好菜，胡吃海喝一通，在应该结账的时候，要求饭店老板先借我们点钱花，还大言不惭地说，过两天一定连本带利双手奉还，并以人格担保。饭店老板全身发抖，我猜他是气的，似乎想要跟我们来一场搏击比赛，但很快被我的朋友反制服，只得从抽屉里拿了些钱打发我们。有零有整，差不多一千来块，就连面额为五毛的硬币也没有落下。我们打完劫出来，警察正往这边赶。大家并不打算扬长而去，而是决定在对面的桌球室好好打一场球，还说什么"最危险的地方，就是最安全的地方"。不到半个小时，我们都戴上手铐，排队进了警车。为此，我们在监狱蹲了六个月。

这种荒唐事还有很多。但说句心里话，我从不希望他们这么做。并不是他们做了这些事，我们才成了朋友，而是我的朋友们总会干出这些事来。现在看来，那确实是我人生的至暗时刻。假如我的人生是一架抛出去的纸飞机，借由双手的惯性向高空划去，那么那段时光，纸飞机已经达到抛物线顶端，惯性在空气中消耗殆尽，蹩脚的双翼无法再借助气流继续滑行，正面朝大地，直挺挺地栽了下来。事实上，这种坠落感早在十几年前就如影随形，只是我用狐朋狗友、毒瘾，再到后来的香烟和烈酒，麻醉了自己，在虚幻之中，自欺欺人地为那股要命的坠落感延长了寿命。我曾有过飞翔的感觉，但它倒毙在了我二十岁那年一个阴雨连绵的季节。二十岁之前，凭借在学校取得的优异成绩，我曾一度坚信自己前途一片光明，即将成为一名我所愿意看到的那种人。

我的童年没有兄弟姐妹的陪伴，没有好朋友，更糟的是，我发现我的父母也没有朋友。我们一家人仿佛生活在孤岛上。我们原来生活的地方很偏僻，藏在几座大山之间，走上两三天也未必能碰到一个人。山上山下，光秃秃一片，除了追着人暴晒的太阳，什么也没有。爷爷和父亲决定举家搬迁。我们赶着牛羊，牵着马，拖家带口来到我成长的地方。

这个名叫斯菲戈洛的地方，有两大家族，一家姓保机，一家姓托木。这里的山水、老树、怪石，以他们两家的姓氏命名，叫保机松林，或托木草场。要当心天上盘旋的鹰，警惕玉米生长时最先听到的谷布鸟声，或在阴冷的夜里从远处传来的狼嗥，它们极有可能是他们两家人的某位祖灵。不能伸出手指头给出方向，更不可妄加评论，那也许叫亵渎。我们家成为这里为数不多的外姓人，同时也是没能和两大家族攀上亲的极少数家庭之一。"吉比拉良"是他们送给我们的称呼。"吉比"是姓氏，"拉良"的意思是后来者。除了"吉比拉良"，这里还有"吉萨拉良""曲比拉良"。但另两家拉良来得早，比我们早了许多年，已经七拐八弯，和两大家族结上亲，要么漂亮女儿嫁给了某位保机家的歪嘴叔子，要么某位有出息的孙子成了某位托木的连襟。拉良也没什么，只是水源总会离你家最远，树林可能与你家无关，分下来的土地，也许陡得无法直起腰来，也许长满沙砾和石头，或者干脆就在山的另一边。

我度过了一段没有玩伴的童年。他们去哪儿，做什么，都与我无关。他们没有向我发出过邀请，却拒绝过我许多次。直到上学后，这种状况才得以改善。学校是另一块天地，这里有新的规则。我用学习成绩证明自己，经常受到各科老师的表扬。我父亲是个寡言的人，就跟院里那块磨得光滑的石头一样沉默，他的人生如同他头顶上那撮稀疏的毛发，任尔东西南北风撩拨。但我母亲活跃，善交际，尤其注重教育，她对我的学习成绩引以为荣。我在学校里开始拥有朋友，他们经常与我分享趣事，接着是各种零食。他们邀请我参加他们的聚会、野炊，拉着我去篮球场打球。球像只猫，到处溜，我根本摁不住。我砸向篮筐的球，总碰不到篮圈。他们很有耐心，等我慢慢把球拍起来，抢了很多篮板球，还让我继续投，直到投中为止。他们唯一的诉求是，希望我允许他们偶尔抄写我的作业。不允许也没关系。他们说那不叫抄写，而叫借鉴。差不多十四五岁的时候，我们所谓的友谊已经相当牢固，他们带我出入录像厅、台球室、电子游戏厅，然后在卡拉OK包间相互搂着脖子唱"朋友一生一起走"。直到这时，我尚未意识到，我的好朋友并不是一些相互激励、共同进步的益友，而是一些相互麻醉、集体虚度光阴的恶魔。大家拽住对方的脚，共同往水潭底下沉落，并因为参照物的缘故，难以感知下沉的真相。

母亲多次提醒我，社交要有限度，然而我置若罔闻，或者说还未学会正确理解。我的学习成绩早不如从前，每次考试，不过是拿从前积累的底子来应付。母亲向来体弱，年龄也老迈了，并没有指责我。我在家中荒废了近两年时间，等到一个招聘考试。准备了两三个月，去参加考试，成绩不错，位列第一。说是还要进行一场面试，由当地工作单位组织进行。面试员来到斯菲戈洛那天，母亲上山砍柴去了，就我一个人在家。我尽量恭敬地将他迎到院里，给他找来凳子，敬上烟酒，正襟危坐，等待面试——那是一个二十岁的年轻人仅掌握的待客礼仪。他把那几瓶啤酒一瓶一瓶挪到一边，玻璃瓶在沙土地上磕碰出轻微的震荡声。他从兜里掏出自带的香烟，慢悠悠地点燃一支。我有种不好的预感，但无法确定它从何而起。从他嘴里吐出的青烟在阳光下变幻出各种姿态，让我联想到一条在云雾间盘旋的龙，一会儿吞云吐雾，一会儿嘶吼怒啸。他天南地北地跟我聊了一些让我感到意外的话题。我以为面试还未开始，他却站起来，拍拍屁股走了。两个月后，结果出来，我没被录用。他们录用的是托木家族里一位跟我年龄相仿的后生。他之前也参加了那场招聘考试，但笔试成绩很糟，甚至没有排进前十。后来我才知道，那位面试员刚跨出我家院门，拐上大路，就被托木家的人请回去了。他们宰了一只肥羊，抱来十件山城啤酒，一条红塔山香烟，第二天日落时分才肯放他离去。

那年我刚好二十。那竟成了我这半辈子离成功最近的一次。

我又开始和我那些朋友一起晒太阳。开始只是晒太阳，他们递过来的烟也不伸手接。后来，我们相约在大雪封山的日子一起山上打猎，接着到镇上或县城赶集、游玩。慢慢地，游玩演化成厮混。我们会因喝下几瓶啤酒而放纵身体与胆量，与别人斗殴；会因对方当着我们的面啐了一口痰，而用拳头打断对方的鼻梁。我们有时也互殴，打得鼻青脸肿，但彼此并不记恨。我的鼻梁就是这么歪的。它曾经笔挺得像一具出自能工巧匠之手的犁铧，人送美称"刘德华"，现在，却不管不顾地歪到了一边。

客车猛烈顿挫几下，"刺"的一声停住。前方公路遭滑坡下来的泥石流堵住，我们过不去了。往返两个方向排了七八辆车，跟上来的车还在不断壮大长龙般的队伍。两名道班队员正在用铁锹、锄头等十分原始的工具对公路进行疏通。他们显然是一对父子，老的看起来六十了，小的细胳膊细腿，肌肉尚未发育完全，我猜他不到二十。雨还在下。雨滴不大不小，不密不疏，雨速不快不慢，呈现出一股浑不懔的劲头。它们密集地砸落在一老一少两位道班的头上和身上，碎裂开来，在他们脸上汇成道道小溪，沿着脸颊，自下巴流下。他们的雨衣是用两层透明塑料布扎成的，雨下得极具侵略性，一会儿左斜着飞，一会儿又往右钻，雨衣的作用被降到了最低。前面的吉普车、三菱越野车、面包车，一辆接一辆，开始摇摇晃晃地开过去，留下一阵阵巨大的轰鸣声和一团团庞大的青色烟雾。为了让客车轻装通行，同时规避风险，跟车员让所有人下车步行。许多人赖在车上不肯下来，尤其是那些已经把屁股下的座位焐热的乘客。他们支支吾吾，犹犹豫豫，直到看见有人把随身物品留在座位上，指认占有权，其他人纷纷效仿，才陆陆续续跳下车来。部分人没有其他随身物品，只得把雨伞留下，用手掌遮挡额头，冲进冰雹一样砸落下来的雨中。

客车艰难地跨越这段雨季里"肿胀"起来的路，将那对道班父子远远地扔在身后。

如果善待生命，拒绝自欺欺人或盲目喝"鸡汤"，我认为有必要承认人生是艰难的。自出生那一刻起，灾难就已经发生，且还有源源不断的灾难正从远方像一场大雨那样赶来。自二十岁那年，我人生的纸飞机就失去了动力，开始往下坠。当然，要真正摆脱那段虚假的滑行，正视下坠，我耗费了十几年光阴。有一天傍晚，我坐在洒满红光的坡上，听着河水哗哗往东流去，夕阳正在大山背后往下坠，我突然觉得我的人生完蛋了，太阳还会照常升起，而我的人生却像河里的一朵水花，一去不返。生活一直没有沿着我的计划往前走，它偏离轨道，扎入深山老林，而我竟然没有察觉到，在里面昏昏欲睡，以为纸飞机还在顺畅滑行，直至面临深渊。坡下走来几个酒友，他们朝我大喊大叫。我以为哪里发生了火灾，谁知他们是让我回去看一看，看我的好儿子带了什么回去。我这才想起来，今天好像是儿童节，我隐约记得，拉聪曾向我发出过几次邀约，让我今天中午到学校去看他们的文艺演出。他将参演一个小品。我站起来往学校赶去，但他们的颁奖仪式早已结束。据说拉聪在领奖台上出尽了风头。

我很少关注他在学校的情况，只知道他在三年级（1）班，班主任姓米色，后来换成了田姓女教师，甚至连他们的教室，他在班里所处的位置，我都一概不知。他默默发芽，从黑土里冒出头来，展现出我自认为是从我身上遗传的某种对学习的敏感禀赋。这么说有些不要脸，但事实就是如此。我爱他，这是毋庸置疑的，他是我儿子，但直到今天，我才真实而强烈地感受到，我们之间的生命所产生的不可避免的联系，是如此紧密而不可分割。这是一种神圣的联结。我突然觉得，假如我的人生是一堆在狂风骤雨中几欲熄灭的篝火，那么拉聪无疑可以成为一团小小的火种。或者反过来，让我的余生成为他的火种。他用那样的方式改变了我。我想，这里存在一定的偶然性，假如他学习不好，一无是处，同样可能引起我的注意，从而让我产生新的念头。有些启示就是这样，只会在经历种种事情之后才会昭显。我比过去任何时候都渴望得到改变，而且不同以往，这次我找到了具体而鲜明的方向。

我开始戒烟戒酒，戒急戒躁。人们还一直叫我"吸徒"，就跟"酒徒"和"赌徒"一样，但事实上，我已经五六年没有复吸。

那年，我从戒毒所出来，拉聪妈已经去世了，据说她攀上悬崖，去够一株羊角天麻，发生了意外。我带着拉聪离开那个地方，走出了很远很远。我要远离斯菲戈洛，还有我那些狐朋狗友。据我所知，所有想做出改变而总以失败告终的瘾君子，基本上离不开朋友们的煽风点火。他们缠起人来，就像魔鬼一样，无处不在无所不能。我在这里频繁地将他们称为"狐朋狗友"，是因为他们从未真正关心过我，从来没有鼓励过我，有的仅仅是表面上的亲近。他们更擅长拉着我共同麻醉，一起堕落。我带着拉聪来到我们现在生活的镇上，盘了间小商店。原来的房子和土地已经变现。无论如何，我们不可能再回去了。多年前当我强烈地感觉到，我可能无法在我和父母所生活的那片土地上继续生存下去时，脚下的大地整天在摇晃，时不时会从远处传来一阵阵轰隆隆的巨响。没人知道它们来自哪里。后来我误入歧途，有一天灵光一闪，想到，我也许可以换个地方，做点小买卖谋生！祖祖辈辈靠天吃饭，但我也许可以换一种活法。想到这条过于大胆的出路，我激动得在回山的路上蹦跳了起来，很长很长一段日子里无法安眠。我觉得我小时候曾展现出聪明的脑瓜，在那个下午，又回来偷偷亲了我一口。

说来惭愧，还是借了"鬼混"时的经验，出入县城、市里能勉强应对，脸皮也在那些年得到锻炼，嘴巴勤快点，打听打听也能找到烟酒、糖果饼干、洗衣粉脸盆等进货渠道。遇到不客气的多了点，进城的时候，备一副金丝眼镜，能糊弄一下个别人。那时候，我仍然只是在为生存做挣扎，没有过多地关注拉聪。烟酒不断，且为了和镇上的人维护关系，出手得阔绰，不可避免地赊出去很多账，也没敢开口去要。而拉聪得以顺利入学，并且进了年级里最好的一个班。我的朋友，从一帮"吸徒"变成一帮"酒徒"。我也跟酒友们一样，二两进肚就喋喋不休，看不惯谁，就要喊打喊杀。确实打过几回架，去了几趟派出所。情况再次往下走。我又听到纸飞机坠落时发出的隆隆声。它是金属元件在沙土路上震荡时，发出的那种快要散架了的杂音。

客车再次被堵住。这回是山上流下来的溪水暴涨，冲毁公路，公路上出现了一截两米宽的缺口。这缺口呈现泥土红，像新鲜的伤疤。所有人在车上或车下眼巴巴地等待这一带的道班将公路抢修出来。

车内不断有人到达目的地，同时不断有人开始新的路程，下去几拨，上来几拨。他们中有坐着的，也有像我和拉聪一样站着的。有些座位来回换了几茬人，但轮不到我和拉聪。我观察了拉聪几次，小伙计比我想象中坚韧，没有抖腿或用手去拍打腿肚等动作。这是个有着坚韧毅力的孩子。

自那年"六一"儿童节领到好几张奖状，无论在学校还是放学以后，他都表现得越来越出色。每次考试都接近满分，语文和数学，要么两科第一；要么一科第一，一科第二。从无例外。除了学习成绩，他的绘画也不错。从初画的篮球、杯子，到后来的房屋、花草树木，都很逼真。到了五六年级，他能将海报上的电影明星原样誊画下来。从人物情绪到字体韵味，会原样在另一张宣纸上重新铺开。我床头的《第一滴血》海报，就是他画下来送我的。他知道我喜欢的两位电影明星是史泰龙和李小龙。我很欣赏他们在电影中的硬朗形象，人就该那样活下去。拉聪写的字也漂亮。他写行楷字体，笔锋潇洒、整洁，看起来挺有劲道。他还会写一种很奇特的字体，那是他从一本书的扉页学来的。那上面有一段话，不到两百字，是那种字体。他从这两百个字里总结出运笔方法，举一反三，写出了飘逸而神秘的字体。后来我在古装电视剧里看到竹简上写着这种字体，感到震惊不已。我认为像拉聪这样的孩子，天生具有某种异于常人的能力。

他领回来的奖状越来越多。我学着别的家长，负责用胶水将它们往墙壁上贴。到了六年级，墙壁没了空间，柜子里摞了一摞奖状和证书。从校到县、市各级别，什么都有，关于作文、绘画、书法、劳动、升旗……就是没有一张"三好学生"或"优秀少先队员"。他想当一回"三好学生"或"优秀少先队员"，然而这个称号每年都属于机关干部子女和教师子女。他们几位同学轮换着拿，年年如此。我曾安慰拉聪，班上每年得奖的名额有限，既然你能拿其他奖，这两项确实应该由别的同学获得。这样一来，颁奖典礼上，你们班的同学亮相人次多，能为班集体带来更多荣誉。我大概是说服了他，可他还是想拿一次。

客车再次被前方塌陷的路段拦住。当地道班临时雇了五六位同乡，七八把铁锹和锄头在地面频繁交叉。雨仍然在下，没半点悔意。他们将大量的石块、沙子刨进路坑，将其填平，让第一辆汽车经过。车轮陷进泥坑，在原地打转，尾气管猛烈抖动，喷出滚滚青烟。修路队一边继续往车轮底下垫石块，一边合力将汽车上抬着往前送，就这样把汽车一辆辆送过去。泥水飞溅，他们成了一个个泥猴，除去骨碌碌转动的眼睛，看不见一寸肉身。我们的客车经过一番折腾，再次顺利上路已是中午。车上站着的人不多了。但说来也怪，我和拉聪所处位置两侧或前后座位上的人，一直稳稳当当坐着，没有一个是要半路下车的。拉聪正望着窗外的雨，眼神发直，不知在想什么。他才在公路边呕吐过，我想一时半会儿很难再呕。他的精神损耗很大，但愿不会对他的面试状态造成太大的影响。

为了他这次升学考试，我做了三年准备。给他新隔了间隔音效果不错的房间。特意带他上县城新华书店购买了好几套辅导书。为避免他在复习功课时遭到打扰，我每天提前打烊。他一回来，我就习惯性地把电视机关了，也不听广播。我们这里的中学大概是毁掉了，师生间长年忙于身体对抗，从来没有出过一个考上好大学的学生。得把拉聪送到市里那所中学，面对青春期少年可能出现的各种问题，我想那里的老师应该很有办法应对。

得知"补课""家庭教师"这两个词的时候，离升学考试只剩一个月了。不知最先想到这种学习方法的人是谁，真是个天才，这是我想破脑袋也想不出来的事。据说拉聪他们班大部分同学每天放学或周末都在悄悄补课，尤其是那些机关单位上的孩子，都在全校教学成绩最突出的老师手底下补课。事实上，拉聪早在两三个月前就从班上某些同学嘴里听说过这事。我估计他第一次听到这事时的反应跟我别无二致，觉得只有那些在课堂上没有听懂的同学才需要通过补课来解决。另外，拉聪他们班在一学期内突然增加了三名新同学。来得最早的那位，是六年级下学期开学时来的，他是中学校长的儿子。另外两位同学，一位是考试前一周来的；一位直到考试当天才见到她本人。他们是外面来这里参加工作的校领导的孩子或亲属。没人知道他们来自哪里。

我不确定拉聪在毕业考试时发挥失常，排名跌出前三，是否与这一系列事情有关。这世上有太多事情让我想不明白，更难以把控。

在赶往县城的路程走完大半部分的时候，拉聪得到了一个座位。靠窗，且不是客车尾部，据说尾部颠簸会更严重。将座位让给拉聪的，正是那位瘦得不好总结出性别特征的姑娘——她原来是三个孩子的母亲，但看起来刚二十出头。这一路上，她全程在呕。把头伸到窗外吐一段，缩回来，仰躺在座椅上，闭着眼，张着嘴，胸口剧烈起伏。下车前，她特意将拉聪招呼到身旁，把座位留给了他。其实她离我们并不近。我换了个离拉聪近的位置，继续站着。实际上，那位年轻的母亲并没有到达目的地，她说世界在转，感觉五脏六腑颠倒了过来，她要下车。稀稀拉拉又下去一些人，我左右两侧的座位空了三四次，我都没有让我的屁股落下去。车内站着的乘客要么比我还瘦小，要么是妇女，或者干脆就是老人。

蓝白相间的客车此时成了一辆红泥色的客车，泥水溅得最高的位置，是车顶行李架上的帆布篷。泥巴客车又跨过几段崎岖地段，终于翻过了那几座遮蔽我们视线的山脉。视野变得开阔起来。

这一带的养路工具要先进得多。他们骑嘉陵江牌摩托车，开烧柴油的拖拉机，跟在威武有力的推土机后头，将公路一路修复下去。翻过一座小山包，客车沿着蜿蜒的山路驶出，县城密集、庞大的建筑群远远地扑入我们的眼帘。客车在山沟里绕了大约半小时，拐进一片绿油油的杨树林。林中上万片叶子正在接受雨滴的捶打，猛烈摇晃着，像在鼓掌呐喊。出了杨树林，客车又被前方一排看不见头的车堵住。这是一场大堵车，堵得很彻底，所有经过这条公路的车全被堵在了这里。几个皮肤黝黑的交通警察正在指挥交通。据说前方的大桥塌了，这是我们进城的唯一通道。这桥没个十天半月通不了。交警说，非必要进城的车辆，建议原地返回。当然，不耽误人进城。他们正在搭建一条简易的桥，以供人通行。

时间来到下午两三点，听说供人通行的便桥搭建完毕，人群开始往前涌动。我将人造革夹克脱下，盖在拉聪头上，跳进雨中。经过雨水连日浸泡，脚下的泥土黏性十足，难以拔腿。右侧几百米外隐约有人居住，估计家畜经常路过，泥土里猪羊牛马的排泄物味道刺鼻。走过用铁架和木板搭成的桥，岸上挤满了脚踏人力三轮车。青年车夫们纷纷受雇，几位年老车夫眼巴巴望着，打听我们要去哪里。我想照顾他们的生意，同时不忍让一位老

234

人"背"着两个后生在泥泞的雨中前行，正在犯难，拉聪已被老者迎进了车内。我问老者是否知道城关小学怎么走。其实这是句废话，县城不大，就算刚入行的车夫也不可能不知晓。但有些废话在我们的生活中还不能省略。问好车费，便让他载着拉聪往前蹬。我反正湿透了，也不上车，就跟在旁边一路小跑。不堪回首的往昔和充满期盼的未来，一半阴郁一半明朗，交织在一块，以雨滴的化身凉丝丝地扑到脸上，不断往身后倒退、飞逝而去。

事实上，我们每个人都只是一张薄薄的纸飞机，离开父母，借由外部环境与自身结构，或短暂滑行，或再次起航，终会失去前进的力量。而大地上燃烧着熊熊烈火，我们的父母就站在那里，他们同样也是一架薄薄的纸飞机。

我和拉聪顺利到达面试的地方，也就是县城关小学。校大门坦荡地敞开着，像一张巨兽来者不拒的嘴。校内空空荡荡，显然暑假已经开始，或者今天恰好是休息日。我们找不到任何关于面试的信息。所有的教室和办公楼都像焊死了一样紧闭着门窗。秃顶的门卫正嚓嚓嚓地拨动打火机滑轮，问我们有何贵干。我们告诉他，我们是来面试的。他叼着一根浸湿了大半的劣质香烟，乜斜我们一眼，说："××中学的面试吗？"

我们赶紧说对对对，并补充道："我们来自××镇小学。"

"遥远的地方。"他的打火机终于打燃了，他望向别处，说，"面试结束了。市里下来的老师昨天已经回去了。"

这时有辆轿车驶过来，要出校门。可能是看我们一身捯饬过的服装湿透了，鞋和裤子上沾满红泥，或者因为别的什么，他摇下车窗，问我们什么事。我们和门卫抢着说明来意。他说："你

235

们怎么才来呢！"接着，他的语气缓和了一些，说，"你们镇有个考生，叫拉聪，是班里的班长，你们应该认识，知道他怎么没来吗？市里下来的老师昨天想见他一面，等了他很久……"

我赶紧告诉他："他就是拉聪，他就是班长。我们昨天下午才接到通知，让今天……"

不知何时，后面排了一串车，其中一辆轻轻按了下喇叭，其他几辆跟着鸣笛，喇叭声在校门口响成一片，并且一声更比一声重。那位老师迅速打量了一番拉聪，说了声"可惜了"，然后嘟哝着"催催催，就不能文明点吗"，将车往前驱去，连车窗也没有摇上去。我们以为他只是往前挪一挪，好让后面的车先通过，然而他的车在一片氤氲的雨雾中红了两次尾灯，闪了一组差点打错的转向灯，然后消失在了道路尽头。

我又想起那一年，我二十出头，一个阴雨连绵的季节里母亲重病不起，在不间断的呻吟声中忍受病痛的折磨。对面的保机家已经托人前来游说过好几回，他们看上了母亲的一块土地。那块地在小松林旁，有一条四季欢畅的小溪从边上蜿蜒而过。那是母亲唯一满意的一块地。母亲躺在榻上，隔一段时间就问我一句，友子啊，外面的雨停了没有；隔一段时间，又问我一句，友子啊，外面的雨停了没有。而雨一直在下，从来没有停。

我和拉聪走出校门，站在茫茫大街上。雨从高空中一粒一粒、一群一群落下来，就像电影里达到抛物线顶点，黑压压地往下掉落的箭矢。这雨，贯穿时空与记忆，仿佛来自二十年前，来自冷兵器时代。